지리산권 지식인의 잠(箴) 작품 집성

지리산권 지식인의 잠(箴) 작품 집성

국립순천대 · 국립경상대
인문한국(HK) 지리산권문화연구단 엮음

도서
출판 선인

| 발간사 |

국립순천대학교 지리산권문화연구원과 국립경상대학교 경남문화연구원은 2007년에 컨소시엄을 구성하고 '지리산권 문화 연구'라는 아젠다로 한국연구재단의 인문한국(HK) 지원 사업에 신청하여 선정되었습니다.

인문한국 지리산권문화연구단은 지리산과 인접하고 있는 10개 시군을 대상으로 문학, 역사, 철학, 생태 등 다양한 방면의 연구를 목표로 하였습니다. 이에 따라 연구단을 이상사회 연구팀, 지식인상 연구팀, 생태와 지리 연구팀, 문화콘텐츠 개발팀으로 구성하였습니다. 이상사회팀은 지리산권의 문학과 이상향 · 문화사와 이상사회론 · 사상과 이상사회의 세부과제를 설정하였고, 지식인상 연구팀은 지리산권의 지식인의 사상 · 문학 · 실천에 관한 연구를 진행하였습니다. 그리고 생태와 지리 연구팀은 지리산권의 자연생태 · 인문지리 · 동아시아 명산문화에 관해 연구하고, 문화콘텐츠 개발팀은 세 팀의 연구 성과를 DB로 구축하여 지리산권의 문화정보와 휴양정보망을 구축하였습니다.

본 연구단은 2007년부터 아젠다를 수행하기 위해 매년 4차례 이상의 학술대회를 개최하고, 학술세미나 · 초청강연 · 콜로키움 등 다양한 학술활동을 통해 '지리산인문학'이라는 새로운 학문영역을 개척하였습니다. 또한 중국 · 일본 · 베트남과 학술교류협정을 맺고 '동아시아산악문화연구회'를 창립하여 매년 국제학술대회를 개최하였습니다. 그 과정에서 자료총서 32권, 연구총서 10권, 번역총서 8권, 교양총서 7권, 마을총서 1권 등 총 50여 권의 지리산인문학 서적을 발간한 바 있습니다.

이제 지난 8년간의 연구성과를 집대성하고 새로운 연구방향을 개척하기 위해 지리산인문학대전으로서 기초자료 10권, 토대연구 10권, 심화연구 10권을 출판하기로 하였습니다. 기초자료는 기존에 발간한 자료총서 가운데 연구가치가 높은 것과 새롭게 보충되어야 할 분야를 엄선하여 구성하였고, 토대연구는 지리산권의 이상향·유학사상·불교문화·인물·신앙과 풍수·저항운동·문학·장소정체성·생태적 가치·세계유산적 가치 등 10개 분야로 나누고 관련 분야의 우수한 논문들을 수록하기로 하였습니다. 그리고 심화연구는 지리산인문학을 정립할 수 있는 연구와 지리산인문학사전 등을 담아내기로 하였습니다.

지금까지 연구단은 지리산인문학의 정립과 우리나라 명산문화의 세계화를 위해 혼신의 힘을 다해 왔습니다. 하지만 심화 연구와 연구 성과의 확산에 있어서 아쉬운 점도 없지 않았습니다. 이번 지리산인문학대전의 발간을 통해 그 아쉬움을 만회하고자 합니다. 우리 연구원 선생님의 노고가 담긴 이 책을 통해 독자 여러분들이 지리산인문학에 젖어드는 계기가 되리라 기대합니다.

끝으로 이 책이 출간되기까지 수고해주신 본 연구단 일반연구원 선생님들, HK연구원 선생님들, 그리고 외부에서 참여해주신 필자선생님들께 깊이 감사드립니다. 또한 이 자리를 빌려 이러한 방대한 연구활동이 가능하도록 재정적 지원을 해주신 정민근 한국재단이사장님, 박진성 순천대 총장님과 이상경 경상대 총장님께도 고맙다는 말씀을 드립니다.

2016년 7월
국립순천대·국립경상대 인문한국(HK) 지리산권문화연구단
단장 남호현, 부단장 장원철

| 서 문 |

2007년 11월부터 지리산권문화연구단에서 '지리산권 지식인의 사상-유학을 중심으로'라는 연구과제를 맡아 수행했다. 지리산권의 유학자들은 다른 지역의 학자들과 구별되는 학문적 특성을 가지고 있을까? 만약 그것을 구별해낼 수 있다면, 그러한 특징은 지리산과 어떠한 연관성을 가질까? 산악 문화권에서 활동한 유학자들은 산으로부터 어떠한 영향을 받았으며, 그것이 학문에 어떻게 침투되어 나타날까? 등을 고민하며 연구를 진행하는 과정에서, 지리산권 유학자들이 창작한 잠(箴) 작품에 주목하게 되었다.

잠(箴)은 고대 중국의사가 병을 치료할 적에 사용한 침이었다. 그 침을 찔러 몸의 아픈 부위를 낫게 하듯이, 마음의 병든 부분을 찔러 새롭게 살아나도록 하는 것이 잠 작품이다. 의료도구인 잠의 뜻과 효용을 빌려 문체 이름으로 사용한 것이다. 그러므로 잠 작품을 통해 작가가 추구하는 수양과 실천의 지향점을 선명하게 볼 수 있는 효과를 가진다.

이 자료집은 지리산권을 동부와 서부로 나누어 양 지역의 유학자들이 창작한 잠 작품을 수록했다. 이 작품들에 근거해 지리산권 유학자들이 지향한 수양과 실천의 내용은 무엇이며, 그것이 그들의 학문에 어떠한 특성으로 작용했는지를 고찰하는 자료로 삼으려 한다.

이러한 탐구는 지리산권 유학자들이 가지는 학문적 특성을 해명해가는 하나의 과정이다. 더 나아가서는 산악 문화권 지식인의 학문과 사상이 일반 다른 지역과 어떻게 변별할 수 있는지를 정립하기 위한 토대 연구가

될 것이다. 이와 같은 목표에 비해 현재의 작업 과정은 더디고 어렵지만, 새로운 문제의식과 방법론을 시도하는 일이라는 점을 기쁘게 생각하며 희망을 품는다.

경상대학교 경남문화연구원 HK교수

전병철 삼가 적다

—

지리산권 유학자의 잠(箴) 창작과 시대적 요청

전병철*

—

Ⅰ. 잠(箴)의 문학적 특성과 유학자의 수양론

잠(箴)이라는 문류명(文類名)의 유래는 고대 중국의사들이 병을 치료하는 데 쓰던 잠의 자의(字意)가 타인이나 자기를 규계(規戒)하는 문장의 효용성과 일치되어 문류명으로 전차된 것이다.[1] 특히 성찰과 경계를 통해 자신의 정신을 각성시키며 삶의 자세를 견실하게 붙잡으려는 의지를 담은 작품인 경우, 그 내용 속에 작가가 추구하는 삶의 지향과 함께 그것에 도달하기 위한 실천 방법이 선명하게 제시되어 있다. 따라서 잠은 작가의

---

* 경상대학교 경남문화연구원 HK교수

[1] 김종철, 「漢文文類 『箴』의 淵源과 文體特性」, 『동방한문학』 제11집, 동방한문학회, 1995, 127-128면.

사상과 수양론을 문학적으로 형상화하여 담아낸 것이라고 말할 수 있다.

이 글은 잠이 가지는 위와 같은 특성에 주목하여 지리산권 유학자의 사상과 수양론이 가지는 구체적 내용을 살펴보고자 시도한 것이다. 지리산권의 유학자들은 일상의 삶 속에서 무엇을 지향점으로 삼았으며 삶의 자세를 어떻게 유지하려 했는지를 이해하기 위해 잠의 성격과 내용을 분석하여 해명하는 방법을 택한 것이다. 또한 작품의 특성을 비교 고찰하기 위해 지리산권의 동부와 서부로 대별한 후 각 지역에 따른 적절한 시기의 구분을 설정하여 분석해보려 한다.

여기에서 사용하는 지리산권 동부와 서부의 지역 구분 명칭은 지리산에 인접한 권역으로 한정하지 않고 경남과 호남이라는 광역의 의미에서 설정한 개념이다. 이러한 지리산의 광역권을 연구 범위로 정한 까닭은 동부에는 남명학파(南冥學派)라는 뚜렷한 학맥이 이어져 왔으므로 그들이 창작한 잠 작품을 통해 시기별 특징을 살펴본 후 그 지역이 가지는 전체적 특성을 개관하려 하기 때문이다. 따라서 남명학파의 주요 근거지인 진주를 중심으로 삼되 그들이 활동한 경남 전반에 걸쳐 연구의 범위를 확대할 필요가 있다. 또한 서부의 경우는 남원·운봉·구례·옥과·곡성·순천·광양 등 인접 지역으로 한정하면 자료가 매우 부족하여 연구를 진행할 수 없는 형편이다. 그러므로 서부의 경우도 인접권에 한정하지 않고 대상 범위를 호남 지역으로까지 확대하여 진행하고자 한다.

II. 지리산권 동부 남명학파의 잠 창작과 수양의 요구

남명학파의 잠 작품을 검토하기 위한 시기 구분은 학파가 형성되어 전성기를 누린 16~17세기, 인조반정으로 인해 큰 타격을 입고 침체되었던 18세기, 남명학파의 부흥기이자 도학(道學)이 위협받던 시기인 19세기로 나누어 살펴보기로 한다.

1. 남명학파의 형성과 수양 방법의 모색

16~17세기의 잠 작품은 남명학파의 종장인 남명(南冥) 조식(曺植, 1501-1572)이 창작한 것으로부터 동계(東溪) 권도(權濤, 1575-1644)가 지은 것에 이르기까지 총 26편이 전해진다. 작자 및 작품을 도표로 정리해보자면 다음과 같다.

작자 및 생몰년	작품명
曺 植(1501-1572)	誠箴, 贈叔安(箴)
河 沆(1538-1590)	誠酒箴
金宇顒(1540-1603)	進聖學六箴(定志箴, 講學箴, 敬身箴, 克己箴, 親君子箴, 遠小人箴), 進御書存心養性箴
河應圖(1540-1610)	自警箴
成汝信(1546-1632)	學一箴, 晚寤箴, 惺惺齋箴
郭再祐(1552-1617)	調息箴
李 埈(1558-1648)	自儆箴
曺以天(1560-1638)	儆身箴
崔 晛(1563-1640)	友愛箴
鄭 蘊(1569-1641)	元朝自警箴
曺 璘(1569-1652)	八戒箴
朴壽春(1572-1652)	自警箴, 言行箴
文 後(1574-1644)	敬義箴
權 濤(1575-1644)	養心寡欲箴, 心者形之君箴, 自養箴

잠은 창작 동기에 따라 신하가 임금에게 바치기 위해 지은 관잠(官箴)과 개인적인 필요나 요구에 의해 창작한 사잠(私箴)으로 대별된다. 그리고 수사 기법에 의해 가탁과 풍자를 사용한 비유적 표현 방법과 사실의 서술, 덕목의 해설, 의리의 발현 등으로 기술된 직설적 표현 방법으로 크게 구분된다.

위의 도표에 수록되어 있듯이, 조식의 작품은 「성잠(誠箴)」과 「증숙안(贈叔安)」 2편이다. 「성잠(誠箴)」은 '사악함을 막아 성(誠)을 보존하고, 말을 닦아 성(誠)을 세우라. 정밀하고 한결같음을 구하려거든, 경(敬)을 말미암아 들어가라.'라는 내용이다. 성을 보존하고 세우며 일관되게 유지하는 방법에 대해 3言 4句로 압축하여 요약하였다. 「성잠」은 자신을 경계하기 위해 지은 사잠으로, 덕목을 해설하는 방식의 수사 기법으로 표현되었다.

「증숙안」은 박흔(朴忻)이라는 인물에게 준 것으로, 그가 겸허히 남의 의견을 받아들이는 것은 훌륭한 일이지만 스스로 주체성을 가지지 못한다면 자신을 지킬 수 없다고 권계하는 내용이다. 이 작품의 창작 동기는 타인을 깨우쳐주기 위한 것이며, 마음을 물에 비유하고 외물의 해로움을 티끌에 비유하는 방식으로 표현했다.

하항(河沆)의 「계주잠(誡酒箴)」은 술을 마실 때와 마시지 말아야 할 때의 분별에 대해 경계하는 내용이다. 자신을 경계하기 위한 사잠으로, 음식을 절제하고 동정(動靜)을 조절하는 '중(中)'의 수양 방법을 강조하여 덕목을 해설했다.

김우옹(金宇顒)의 「진성학육잠(進聖學六箴)」은 1574년 부수찬(副修撰)으로 재직할 당시 선조(宣祖)의 명에 의해 '학문을 하는 요체'에 대한 잠을 지어 올리라는 명을 받고서 창작한 것이다. 김우옹은 '정지(定志)', '강학(講學)', '경신(敬身)', '극기(克己)', '친군자(親君子)', '원소인(遠小人)' 등의 여섯 가지 주제로 선조에게 학문을 하는 요체에 관해 서술하였다. 그리고 다음 해인 1575년에는 「진어서존심양성잠(進御書存心養性箴)」을 지어 선조에게 마음을 보존하고 본성을 함양하는 방법에 관해 아뢰었다. 「진성학육잠」과 「진어서존심양성잠」은 선조를 위해 지은 관잠으로, 학문을 하는 요체 및 마음을 보존하고 본성을 함양하는 방법에 관해 덕목을 해설했다.

하응도(河應圖)의 「자경잠(自警箴)」은 성(誠)과 경(敬)의 수양 방법 및 중요성에 대해 밝힌 내용으로, 자신을 수양하기 위해 덕목을 해설한 작품이다.

성여신(成汝信)의 「학일잠(學一箴)」은 '주일무적(主一無適)'의 경(敬)을 유지하는 방법에 관한 내용이다. 「만오잠(晚寤箴)」은 마음을 붙잡기 위해서는 공자가 말한 '박약(博約)' 한 마디가 중요한 지결이 됨을 밝히고 이를 부지런히 실천해야 한다고 강조하였다. 이 두 작품은 자신을 수양하기 위해 경과 박약의 의리를 밝힌 사잠이다. 「성성재잠(惺惺齋箴)」은 다섯째 아들인 성황(成鎤)을 깨우쳐주기 위해 지은 작품으로, 마음이 몸의 주인이 되고 경(敬)이 마음의 주인이 되기 위해서는 '성성(惺惺)'의 수양 방법을 추구해야 한다는 점과 그 구체적인 방법에 관해 기술하였다. 이 역시 의리의 발현이라는 수사 기법을 통해 '성성'의 수양 방법을 밝힌 것이다.

곽재우(郭再祐)의 「조식잠(調息箴)」은 호흡법을 통해 내면을 수양하는 방법에 관해 기술한 내용이다. 이런 수양 방법은 앞에서 살펴본 작자들의 성리학적 수양 방법과는 자못 성격이 다른 것으로, 불가(佛家)의 수식법(數息法) 및 도가(道家)의 기수련(氣修鍊)과 상통하는 부분이 많다고 보여진다. 그러나 회암(晦庵) 주희(朱熹)가 「조식잠(調息箴)」을 지은 사실이나, 조선초기 사림의 종장으로 추숭되는 한훤당(寒暄堂) 김굉필(金宏弼)이 첫닭이 울면 콧숨을 헤아려 마음을 통일하는 수식(數息)을 행한 일[2]로 미루어 볼 때, 곽재우가 추구한 수양 방법이 불가와 도가의 방법이라고 단정할 수는 없다. 다만 조선시대의 일반적인 유학자가 추구한 성리학적 명제에 근거한 수양 방법과는 성격을 달리한다는 점을 지적해 볼 수 있다. 이 작품은 조식(調息)의 호흡법을 어떻게 수행해야 하며 그것의 궁극적인 효과는 어떠한 것인지를 밝힌 내용으로, 사실의 서술을 중심으로 표현하였다.

조이천(曺以天)의 「경신잠(儆身箴)」은 자신의 몸을 공경히 해야 하는 점에 대해 경계하는 내용으로, 몸을 공경히 해야 하는 이유로부터 실천의 구체적 방법에 이르기까지 두루 기술하였다. 이 작품도 덕목의 해설을 통

---

2) 曺植 지음/남명학연구소 옮김, 『국역 南冥集』, 「書景賢錄後」, 한길사, 2001, 378-379면.

해 자신을 올바르게 닦아나가야 하는 점을 밝히고 일상 생활 가운데 어떻게 실천해야 하는가를 명시하였다.

최현(崔晛)의 「우애잠(友愛箴)」은 경북 영해(寧海)에 사는 어떤 형제가 크게 다투어 송사를 벌인 일이 있었는데, 이 작품을 지어 깨우치자 소송을 그쳤다는 내용이 서문에 밝혀져 있다. 따라서 이 작품은 우애의 중요성을 강조한 것으로, 덕목의 해설을 중심으로 서술되었다.

정온(鄭蘊)의 「원조자경잠(元朝自警箴)」은 작자가 50세 되는 해 정월 초하룻날에 지난 날 처심행기(處心行己)의 방도와 사친사군(事親事君)의 행실들이 마음에 부끄러운 부분이 많았음을 반성하고서 앞으로는 하늘의 명명(明命)을 저버리지 않도록 분발하기 위해 지은 것이다. 50세 때 공자(孔子)는 천명을 알았고 거백옥(蘧伯玉)은 49년 동안의 잘못을 알았는데, 자신은 비록 그 분들보다 하품(下品)의 사람이지만 하늘로부터 선한 본성을 받았고 그 사실을 알고 있으므로 그것을 회복하고 보존하기 위해 노력해야 한다고 하였다. 그리하여 경(敬)에 입각한 수양의 중요성을 밝히고 수행 방법을 구체적으로 제시하여 덕목을 해설했다.

조겸(曺㻩)의 「팔계잠(八戒箴)」은 마음·행실·말·일·사귐·유희·성냄·탐욕 등의 8가지를 경계하는 내용이다. 작자는 이 8가지에 대해 삼가고 경계해야 한다는 사실을 알고 있었지만 온전히 실천하지 못한 채 60세에 이르렀음을 반성하고, 거백옥이 50세에 49년 동안의 잘못을 안 것과 위(衛) 무공(武公)이 90세에 「억편(抑篇)」을 지어 자신을 경계한 사실을 본받아 다시 분발하여 노력할 것을 다짐하였다. 이 작품은 일상생활 가운데 삼가고 경계해야 할 8가지를 제시하여 자신을 올바르게 세워나가는 수양 방법을 밝힌 것으로, 덕목의 해설을 중심으로 서술하였다.

박수춘(朴壽春)의 「자경잠(自警箴)」은 사람이 윤리적 삶을 살아야 하는 당위성과 실천 방법으로서의 '예(禮)와 인(仁)'을 제시한 작품이다. 사람은 천지를 부모로 삼아 선한 본성을 타고 났으므로 이에 근거하여 삼강오륜의 윤리를 실천해야 하는 당위성과 능력을 이미 가지고 있으며, 이런 선한 본성과 윤리적 삶을 보존하고 실천할 수 있는 방법은 예와 인이라고 밝혔다. 「언행잠(言行箴)」은 말과 행실의 중요성을 환기시켜 삼갈 것을 경계하는 내용이다. 말은 복의 근원이며 행실은 재앙의 문이므로 한 마디의 말과 하나의 행실을 어떻게 하느냐에 따라 영화와 욕됨이 뒤따르게 된다는 점을 지적하고, 복과 재앙을 초래하는 중요한 기틀을 삼가야 함을 각성하였다. 이 두 작품은 모두 수양의 당위성과 방법을 제시한 것으로, 덕목의 해설을 중심으로 서술하여 자신을 경계하고자 한 것이다.

문후(文後)의 「경의잠(敬義箴)」은 조식(曺植)의 '경의' 사상을 존숭하여 그것을 계승하고자 하는 의지에 의해 창작된 작품이다. 『주역』에 수록되어 있는 경과 의는 학문을 하는 데 있어 절실한 것으로, 조선중기의 남명이 이 사상을 선구적으로 발현하고 실천하고자 하였다고 밝혔다. 그런데 문후가 지은 「경의잠」의 뒷부분이 결락되어 현재로서는 작품의 전체적인 면모를 알지 못한다. 이 작품은 경의의 중요성과 이를 탐구하고 실천하고자 한 남명 사상의 의미를 밝힘으로써, 의리의 발현을 중심으로 서술하였다.

권도(權濤)는 3편의 잠 작품을 지었는데, 그 제목은 「양심과욕잠(養心寡欲箴)」·「심자형지군잠(心者形之君箴)」·「자경잠(自養箴)」 등이다. 「양심과욕잠」은 마음을 수양하기 위해 무엇보다 욕심을 줄여야 한다고 밝힌 작품이다. 「심자형지군잠」은 천지 가운데 사람이 존재하여 살아가는데, 육신의 형체는 마음에 의한 다스림이 중요하고 마음의 다스림은 경(敬)의 수양을 통해 유지되고 보존된다는 사실을 밝혔다. 「자양잠」은 자신을 수양하기 위해 무엇보다 겸손한 마음을 가져야 한다는 사실을 여러 측면에서 제기하여 스스로 경계하려 한 것이다. 3편은 덕목을 해설한 작품으로, '과욕(寡欲)'·'경(敬)'·'겸(謙)' 등 심성 수양의 구체적 방법을 제기하여 스스로 실천하고자 노력한 것이라고 볼 수 있다.

이상 조식으로부터 권도에 이르기까지 16~17세기 남명학파 학자들의 잠 작품을 개관해 보았는데, 이를 바탕으로 다음과 같은 사실을 추출해 볼 수 있다. 첫째, 창작 동기에 있어 타인을 깨우쳐주기 위한 것보다는 자신을 경계하기 위한 작품이 많다. 둘째, 수양의 중요성을 제기하고 자신이 추구해야 할 수양 방법을 확립하여 실천하고자 다짐하는 작품이 다수를 차지한다.

이런 사실에 근거해 본다면, 이 시기에 창작된 남명학파의 잠 작품은 단순히 자신을 경계하는 차원에 머무르지 않고 자신을 어떻게 수양할 것인지에 대한 방법을 모색하여 확립하고자 노력하는 성향을 보이고 있다.

2. 남명학파의 시련과 수양으로의 침잠

1572년 남명이 별세한 후로부터 1623년 인조반정이 일어나기 이전까지 약 50년 동안은 남명학파가 역사의 전면에서 가장 활발하게 움직였던 시기라 할 수 있다. 그러나 인조반정으로 인해 남명학파를 이끌던 내암(來庵) 정인홍(鄭仁弘, 1536-1623)이 적신(賊臣)으로 몰려 처형된 뒤 남명학파는 급격히 쇠퇴의 길을 걷게 되었다. 더욱이 영조 4년(1728)에 일어난 무신사태(戊申事態) 때 강우(江右) 지역에서 동계(桐溪) 정온(鄭蘊)의 현손 정희량(鄭希亮)과 도촌(陶村) 조응인(曺應仁)의 5대손 조성좌(曹聖佐)가 세력을 규합하여 안의(安義)·거창(居昌)·합천(陜川)·삼가(三嘉)를 한 때 점령했던 일이 일어났다. 이 일로 인해 강우 지역은 반역향(叛逆鄕)이라는 인식이 심화되었으며, 이 지역의 선비들도 그 기상이 저하되고 남명학파로서의 학문정신에 대한 자긍심도 상처를 입었다.[3]

그러므로 18세기에 남명학파는 지명당(知命堂) 하세응(河世應, 1671-1727), 서계(西溪) 박태무(朴泰茂, 1677-1756), 태와(台窩) 하필청(河必淸, 1701-1758),

---

3) 이상필, 「조선말기 남명학파의 남명학 계승 양상」, 『남명학연구』, 제22집, 남명학연구소, 2006, 193면.

남계(南溪) 이갑룡(李甲龍, 1734-1799), 남고(南皐) 이지용(李志容, 1753-1831) 등을 통해 겨우 명맥이 유지되고 있었을 뿐이다. 또한 학자의 수가 급격히 줄어들었을 뿐만 아니라 후세에 전해지는 저술도 매우 적은 형편이므로, 당시 남명학파 학자들의 학문과 사상을 파악하는 데에 어려운 점이 있다. 그나마 다행히 서계 박태무가 다른 학자들에 비해 비교적 많은 분량인 8권 4책의 문집을 남겼는데, 특기할 만한 사실은 장편 3편을 포함하여 도합 5편의 잠 작품이 수록되어 있으며, 명(銘)은 무려 19편이나 실려 있다는 사실이다. 그는 왜 이렇게 많은 분량의 잠명류(箴銘類) 작품을 저술한 것일까? 당시 남명학파가 처한 시대적 상황과 다량의 잠명류 작품은 어떤 연관을 가지는 것일까? 이 장에서는 박태무의 잠 작품을 살펴봄으로써 이러한 일단의 의문에 대한 해답을 찾으려 한다.

박태무의 잠 작품을 도표로 정리하자면 다음과 같다.

작자 및 생몰년	작품명
朴泰茂(1677-1756)	晩悔箴
	大學箴 - 大學, 明明德, 新民, 止至善, 三綱領, 格物, 致知, 誠意, 正心, 修身, 齊家, 治國, 平天下, 八條目, 程朱大功
	座隅箴 - 思無邪, 毋欺, 愼獨, 毋不敬
	枕箴
	書室箴 - 存誠, 養拙, 居敬, 知命, 省三, 日新, 主一, 時習, 光霽, 天淵, 天雲, 明德

도표의 순서에 따라 잠 작품을 차례로 살펴보자면, 「만회잠(晩悔箴)」은 사람이 사람다운 까닭은 중리(衆理)를 갖추고서 만사에 응하는 허령하고 텅빈 마음이 있기 때문이라고 밝힌 후, 이 마음을 잘 기르고 보존하느냐에 따라 사람다운 사람이 되느냐 짐승 같은 사람이 되느냐로 갈라지게 된다고 하였다. 작자 자신은 젊은 시절에 분화한 것에 골몰하느라 마음을 손상하게 되어 보존된 것이 거의 없게 되었는데, 60세의 늦은 나이지만 좌우(座隅)에 적어서 느낀 바를 담아둔다고 밝혔다. 표면상 드러난 말로

본다면 작자의 때늦은 후회만이 서술되어 있을 뿐이지만, 이 작품을 지은 까닭을 미루어 짐작한다면 60세의 고령에 마음을 수양해야 하는 당위성을 절실하게 깨닫게 되었으니 남은 삶은 그와 같은 잘못을 번복하지 않기를 다짐하는 것이라고 이해할 수 있다. 이 작품은 자신을 경계하기 위해 지은 사잠으로, 마음 수양의 당위성을 서술하여 덕목을 해설한 것이다.

박태무는 『대학(大學)』을 매우 존신하여 구암(龜巖) 이정(李楨)이 『중용(中庸)』에 관해 읊은 「중용영십사수(中庸詠十四首)」의 고사를 본받아 『대학』을 조목별로 잠을 지어 스스로 경계하고 힘쓰기를 기약하였다. 이 작품이 바로 「대학잠(大學箴)」이며, 그 조목은 대학(大學), 명명덕(明明德), 신민(新民), 지지선(止至善), 삼강령(三綱領), 격물(格物), 치지(致知), 성의(誠意), 정심(正心), 수신(修身), 제가(齊家), 치국(治國), 평천하(平天下), 팔조목(八條目), 정주공부(程朱大功) 등의 15가지이다. 이 가운데 첫 번째 조목인 '대학'은 박태무가 『대학』을 어떻게 이해하였는가를 볼 수 있는 부분으로, 인용하여 살펴보자면 다음과 같다.

學貴循序	학문은 순서를 귀하게 여기니,
階級皦然	밟아가는 단계가 분명하도다.
卽書而求	책에 나아가 구할 적에,
孰爲當先	무엇을 우선으로 해야 할까?
曾氏有傳	曾子가 지은 傳이 있으니,
初學常經	초학자의 변함없는 경전이라네.
入德之門	德으로 들어가는 문이요,
取道之逕	道를 취하는 지름길이네.
規摹廣大	규모가 넓고도 크며,
節目詳明	절목이 자세하고 명확하네.
俛焉盡力	힘을 쏟아 진력을 다한다면,
永觀厥成	영원히 그 이룸을 볼 수 있으리라.

박태무는 학문의 순서에 있어 『대학』을 마땅히 우선으로 삼아 공부해야 한다고 하였다. 그 이유는 초학자의 변함없는 경전으로 덕에 들어가는 문이며 도(道)를 취하는 지름길이기 때문이다. 또한 『대학』은 그 규모가 광대하고 절목이 상명(詳明)하므로, 극진히 노력하여 공부한다면 학문의 완성을 영원히 볼 수 있을 것이라고 찬탄하였다.

이처럼 「대학잠」은 『대학』의 개관으로부터 삼강령·팔조목에 이르기까지 조목별로 상세하게 풀이하고 있는 작품으로, 『대학』에 관한 주석이라고 말할 수 있을 만큼 자신의 견해를 자세히 밝혀놓았다. 따라서 「대학잠」은 의리를 발현한 잠의 대표적인 작품으로 손꼽힐 만하다.

「좌우잠(座隅箴)」은 사무사(思無邪)·무기(毋欺)·신독(愼獨)·무불경(毋不敬) 등의 네 조목으로 서술되어 있는데, 박태무가 추구한 수양론의 핵심을 파악할 수 있는 작품이다. 그는 이 잠을 좌우(座隅)에 붙여두고 늘 바라보면서 이와 같이 수행하기를 노력하였는데, '무불경(無不敬)'의 서술에서 결연한 의지를 엿볼 수 있다.

坐則坐而敬	앉으면 앉아서 敬하고,
立則立而敬	서면 서서 敬하네.
一動一靜	한번 움직이고 고요할 적마다,
一語一黙	한마디 말을 하거나 한번 침묵할 적에도,
何往非敬	어디에 간들 敬하지 않으며,
何時不敬	어느 때인들 敬하지 않겠는가.
表裏同敬	안팎이 동일하게 敬하며,
終始以敬	시종이 한결같이 敬하네.
吾將佩戴氏三字之符	나는 戴氏의 三字符를 차고서,
敬於朝	아침에도 敬하며,
敬於夕	저녁에도 敬하며,
而生於敬	敬에서 살고,
死於敬	敬에서 죽으리라.

대성(戴聖)이 편찬한『예기(禮記)』는 총 49편으로 구성되어 있는데, 그 첫편이「곡례(曲禮)」이다. 그리고「곡례」의 첫구절은 '공경치 않음이 없다(毋不敬)'는 말로부터 시작된다.『예기』의 핵심을 한 마디 말로 요약할 적에, 일반적으로 이 구절을 거론하기도 한다. 박태무는『예기』의 '무불경(毋不敬)'을 수양의 지향점으로 삼아 실천하고자 하였는데, 상황·장소·시간에 상관없이 항상 경(敬)을 견지하려 하였으며, 경에서 살고 경에서 죽겠다는 각오로 일평생 붙잡아 지키려고 노력하였다.

'무불경'이『예기』의 핵심이라면, '사무사(思無邪)'는 공자(孔子)가 언급하였듯이『시경(詩經)』에 수록된 300여 수의 시편을 하나로 꿸 수 있는 요지이다. 그리고 '무기(毋欺)'는 '무자기(毋自欺)'의 줄임말로『대학』성의장(誠意章)에 근거한 것이다. '신독(慎獨)'은『대학』성의장과『중용』수장(首章)에 함께 나오는데, 박태무가 '신독'의 조목에서 서술한 내용과 마지막 구절인 '자사(子思)가 어찌 나를 속였으리요?'라는 말을 살펴본다면『중용』에 바탕하고 있음을 알 수 있다. 그러므로 박태무는 자신이 일생토록 추구할 수양의 지향과 방법을『시경』의 '사무사',『대학』의 '무자기',『중용』의 '신독',『예기』의 '무불경'으로 정하여 실천하려 한 것이라고 이해된다. 따라서 이 역시 경전의 의리를 발현하여 자신을 경계하고자 한 사잠이다.

「침잠(枕箴)」은 베개에 스스로 경계하는 뜻을 붙인 잠으로, 베개의 양쪽 마구리에 '성(誠)'자와 '경(敬)'자를 각각 새겨 넣어 마음이 언제나 '성'과 '경'의 상태를 유지할 수 있도록 노력하였다. 박태무가 평소 나무 조각에 '성경(誠敬)' 두 글자를 새겨서 차고 다닌 것이나, 자경병(自警屛)의 좌우 양측에 '성경'을 먼저 쓰고 나머지 여러 글자를 배치한 것 등은 그가 '성경'을 수양의 표방으로 삼았다는 것을 알려준다. 그러기에 그는 '성경'을 이자부(二字符)라 하기도 하였다. 앞에서 살펴본「대학잠」의 4가지 조목도 '성경'과 연관지어 생각해 본다면, '사무사'는 성의 수양이 궁극적으로 지향하는 도달점이며, '무자기'와 '신독'은 성의 수양 방법이다. 그리고

'무불경'은 경의 부단한 실천을 가리킨다.

「서실잠(書室箴)」은 지인들이 그가 공부하는 서실의 재(齋)·실(室)·벽(壁)·작은 연못·석문(石門) 등에 이름을 지어주었거나 글씨를 써준 것에 근거하여 잠을 지어 스스로 경계하고자 한 내용이다. 재의 이름은 '존성양졸(存誠養拙)', 실은 '거경지명(居敬知命)'이며, 좌측의 편액에는 '성삼일신(省三日新)', 우측에는 '주일시습(主一時習)'이라 이름하였는데, 이 명칭은 밀암(密庵) 이재(李栽)가 지어준 것이다. 동쪽의 벽은 '광제헌(光霽軒)', 서쪽은 '천연헌(天淵軒)'이라 하였으니, 식산(息山) 이만부(李萬敷)가 적어준 것이다. 당(堂) 아래의 작은 연못은 '천운당(天雲塘)'이라 이름하였으며, 연못의 남쪽에 있는 석문은 '명덕문(明德門)'이라 하였는데, 이것은 계안와(計安窩) 윤기경(尹基慶)이 지어준 것이다.

이렇듯 밀암 이재, 식산 이만부, 계안와 윤기경 등의 세 사람이 박태무의 서실과 관련하여 처소마다 부합한 뜻의 이름을 붙여주었는데, 그 모든 명칭이 수양의 핵심 내용을 담지하고 있다. 일반적으로 타인을 위해 건물의 이름을 지어줄 때 소유주가 추구하는 지향점과 의도를 반영하여 의미를 부여하기 때문에, 비록 본인이 스스로 지은 명칭들은 아니라 할지라도 그 이름들 속에는 박태무가 추구하는 뜻이 충분히 담겨 있다고 이해할 수 있다. 문으로 들어가거나 나가거나, 방안에 머물며 어느 곳으로 눈길을 돌리는 간에, 경계하고 수양하겠다는 뜻을 담아 붙여진 이름들이 처소마다 걸려 있었음을 생각할 때, 그는 기거하는 서실의 어느 곳이든 어떤 순간이든 간에 자신을 경계하고 수양하고자 하는 뜻을 독실히 붙잡으려 했다는 것을 알 수 있다.

「자경잠(自警箴)」은 노년의 나이에도 수양을 추구하는 마음과 실천의 노력이 해이해져서는 안 된다는 점을 경계하는 내용이다. '쓰러져 죽은 이후에야 그만둔다'는 구절에 그가 죽을 때까지 수양에 대한 의지와 노력을 중단하지 않으려 했다는 사실을 확인하게 된다.

이상 살펴본 바와 같이, 박태무는 매우 많은 분량의 箴 작품을 창작하였으며, 그 내용은 모두 자신이 추구하는 수양의 목표와 실천 방법을 표방한 의리의 발현이었다. 「침잠」은 베개를 제목으로 설정하였으므로 가탁의 풍자나 은유를 사용하여 서술할 듯하지만, 그 내용을 보면 일말의 풍자나 은유도 나타나지 않은 채 수양에 대한 결연한 의지를 직설적으로 표현하였다. 그리고 베개뿐만이 아니라, 그가 생활하는 주변의 모든 사물에 수양의 지향과 의지를 담아 이름을 붙임으로써 한 순간도 방심하지 않으려는 자세를 견지하였다.

박태무가 수양에 대한 결연한 의지를 잠 작품에 담아 자신을 한결같이 붙잡아 지키려 한 까닭은 남명학파의 일원으로서 그가 처한 시대의 학파적 상황과 무관하지 않으리라 생각된다. 인조반정으로 인해 남명학파가 심각한 타격을 입은 상황에서 1728년 무신사태까지 일어나게 되자, 남명학파의 학자들은 더 이상 발을 붙일 곳이 없을 만큼 운신(運身)의 폭이 좁아졌다. 이러한 상황에서 남명학파의 학자로서, 그 시대를 어떻게 극복해 나갈 것이며 후대의 학자들에게 학맥을 이어줄 것인가에 대한 문제는 자신이 짊어지고 가야 할 막중한 사명일 수밖에 없었다.

따라서 그는 외부를 향한 항거가 아니라 자신을 견고하게 붙잡아 지키는 수양에 착념하여 스스로를 올바르게 세우고자 노력하였다. 이것은 그 자신을 지켜나가는 일이기도 하지만 더 나아가 남명학파의 명맥이 끊어지지 않고 이어질 수 있는 하나의 방법이 된다는 점을 생각할 때, 18세기 남명학파가 극심한 침체기를 겪은 때에 박태무가 고뇌하고 선택한 삶의 방향성을 충분히 짐작할 수 있다.

3. 도학(道學)의 위기와 수양 확립의 권계

19세기 강우 지역에는 노백헌(老柏軒) 정재규(鄭載圭)·월고(月臯) 조성가(趙性家)·계남(溪南) 최숙민(崔琡民) 등 호남 노론 노사(蘆沙) 기정진

(奇正鎭)의 문인을 비롯하여 한주(寒洲) 이진상(李震相)·만성(晩醒) 박치복(朴致馥)·단계(端磎) 김인섭(金麟燮)·물천(勿川) 김진호(金鎭祜)·면우(俛宇) 곽종석(郭鍾錫) 등 기호 남인 성재(性齋) 허전(許傳)의 문인과 영남 남인 정재(定齋) 류치명(柳致明)의 문인이 진주 인근에 거주하면서 활동하였다. 이들은 각기 다른 학파적 사승 관계를 가졌음에도 불구하고, 서로 간에 학문적 교유를 적극적으로 진행하였으며, 남명의 학문과 사상에 대한 조명과 선양 사업을 추진하였다. 이처럼 19세기 강우 지역에는 우리나라 학술사에 있어 중요한 위치를 차지하는 걸출한 학자들이 성대하게 일어났으며, 그들은 학파적 당파성을 지양하고 학문적·사상적 소통과 연대를 추구하고자 노력하였다. 그들 이전에 대부분의 학자들이 다른 학파의 학설과 정치적 견해를 일방적으로 배척하고 공격했던 것을 감안할 때, 이들이 상대방을 인정하고 수용하고자 노력한 모습은 조선시대 학술사에 있어 특기할 만한 사건이다.[4]

인조반정 이후, 강우 지역의 남명학파는 외형상으로는 몰락하여 남인화하거나 서인화하는 모습을 띠었다. 그러한 분열과 침체의 17-18세기를 지난 후, 19세기 중반에 들어서자 새로운 움직임이 나타나기 시작했다. 외형의 분열과는 달리 내재적 복류의 형태로 면면히 이어지던 남명학파의 계승 양상이 표면상으로 드러나기 시작한 점이다. 하지만 이미 여러 학파로 분열된 상태에서 곧장 남명학파로 새로이 복원된다는 것은 시대적·역사적 추이의 측면에서 불가능한 일이었다. 하지만 남명에 대한 추숭과 계승 의지라는 학문적·정신적 공감대는 강우 지역의 학파들을 결속하는 중심축이 되었으며, 그것을 통해 국가적 위기를 극복하고 유교의 새로운 부흥을 염원하는 방향으로 진행되었다. 19세기 강우 지역 학자들의 남명학 계승은 이러한 관점에서 그 의미를 평가해야 한다고 생각된다.

---

4) 전병철, 「老柏軒 鄭載圭의 南冥學 繼承과 19세기 儒學史에서의 의미」, 『남명학연구』 제29집, 남명학연구소, 2010, 231면.

그들은 남명의 학문과 사상을 중심축으로 삼아 분열된 각 학파들을 통합하고자 하였으며, 유학의 근본 정신을 회복하고 실천 의지를 고양하여 국내외적 위기를 극복하고 새로운 전망을 바라보려 노력하였다.[5]

이와 같은 19세기의 상황을 생각해 볼 때, 이 시기에 창작된 잠 작품은 당시의 시대적·역사적 배경이 어떻게 투영되어 있는지를 주의하면서 개별 작품을 살펴보아야 할 것이다. 하나의 작품은 작자 개인의 전기적 요소와 함께 그 작품이 지어진 시대적·역사적 배경의 소산물이라는 당연한 사실에 기반한 것이기도 하지만, 또한 본고에서 지속적으로 추적해 온 남명학파 학자들의 잠 작품에 나타난 수양에 대한 요구와 그것을 수행하는 방법의 시대별 특성을 해명하기 위한 중요한 전제가 되기 때문이다.

19세기에 잠 작품을 창작한 작자 및 작품 제목을 도표로 정리해 보자면 다음과 같다.

작자 및 생몰년	작품명
朴致馥(1824-1894)	讀書箴
金麟燮(1827-1903)	至樂箴, 愼獨箴, 冬至箴, 山居四箴(冀微, 時習, 日新, 篤實).
郭鍾錫(1846-1919)	經筵箴, 書筵箴, 繹古齋箴, 鷄鳴箴, 丈夫箴, 剛德箴, 活齋箴, 五箴(好惡箴, 思慮箴, 守身箴, 處困箴, 講學箴), 除夕箴, 元朝箴, 立春箴, 實齋箴, 立箴, 卄以箴, 洗昏齋箴, 靜窩箴, 朴景禧屛箴.
河謙鎭(1870-1946)	自省四箴, 題李一海壁貼四箴, 惺軒箴, 養浩齋箴, 贈李璟夫三箴, 題仲涉屛八箴, 姜子孟墨帖箴.

위의 도표에 수록된 작품 제목에서 드러나 있듯이, 이 시기에 창작된 잠 작품의 특징은 타인을 위해 지은 작품이 상당 부분을 차지한다는 점이다. 그리고 타인을 위한 작품의 내용에 있어서도 상대방에게 필요한 어떤 주제를 설정하여 권면하거나 건물 이름에 담긴 의미를 부연하여 주인

---

5) 전병철, 「老柏軒 鄭載圭의 南冥學 繼承과 19세기 儒學史에서의 의미」, 『남명학연구』 제29집, 남명학연구소, 2010, 265면.

이 상고하게 함으로써 권계하는 등의 방식으로 깨우쳐주는 것이 대부분에 해당한다.

19세기 남명학파 학자들의 잠 작품은 왜 이러한 성향을 가질까? 이것은 앞에서 언급한 시대적 · 역사적 배경이 큰 영향을 미친 것으로 보인다. 이 당시 남명학파의 학자들은 일본 및 서양의 외세 침입과 국내 정치의 문란 등으로 인해 나라의 존망에 대해 크게 우려하였으며, 더욱이 명나라가 멸망한 이후 도(道)를 온전히 보존하여 계승하고 있는 우리나라가 외세의 세력에 의해 점령되는 것은 도학(道學)의 단절이라는 종말을 초래할 것이라는 위기의식을 가졌다. 그리하여 그들은 엄격한 수양을 통해 자기를 올바르게 세우기 위해 분발하였을 뿐만 아니라, 함께 도학을 지켜나가야 할 이들에게 간절한 마음으로 권계하여 위기의 상황을 타개하고자 노력하였다.

단계 김인섭의 「동지잠(冬至箴)」에 그와 같은 의식이 분명하게 드러나고 있다. 그 가운데 일부를 살펴보기로 한다.

뒤를 이은 우리들, 어찌 이전 일들 거울삼지 않겠는가? 지금의 일들 돌아보니, 눈물이 쏟아져 내린다. 감히 온전함을 바랄 수 있으랴? 어찌 편안함을 구할 수 있으랴? 종사는 무력하고, 백성은 비참히 짓밟히도다. 사람은 재앙만 자초하고, 하늘은 난리만 내리도다. 온 나라가 요동하여 술렁이고, 해와 달과 별은 어둠에 가려졌도다. 곡하려 한들 무슨 낯으로 하랴? 말하려 한들 무슨 보탬이 있으랴?

옷을 떨치고 멀리 떠나려 하지만, 굽어보니 망망할 따름이다. 높은 곳을 오르려 하나 사다리가 없고, 바다를 건너가려 하나 배가 없구나. 문을 닫아걸고 신음하며 앓으니, 허물이 없기만을 바랄 뿐이라. 외국말 날로 시끄러워지고, 이국 복장 껴입고 다니는구나. 시대가 막힌 때를 만나니, 추운 기세 들판에 덮었도다. 음(陰)이 위에서 극성하고, 양(陽)은 아래에 전복되어 있도다. 군자는 비호를 받으며, 소인은 집을 무너뜨리도다.

성인께서 나를 속였겠는가? 기뻐하면서 속히 글을 쓰네. 난리가 극성하면 다스려지게 되고, 막힘이 끝나면 펼쳐지게 되나니. 만물이 통창하게 되고, 모든 생명 함께 의지하네. 밝고 밝은 태양, 동방을 환하게 비추네. 아름다운 궁궐에 봄이 깊고, 임금님 거둥하시는 길 볕이 길도다. 우리 젊은이들에게 기대하노니, 양덕(陽德)이 날로 형통해지리라. 후회에 이르지 말아서, 우리 삶을 마치기를.

이 잠을 살펴보면, 김인섭이 당시의 상황을 얼마나 절망적으로 인식하였는가를 적나라하게 볼 수 있다. 임금은 꼭두각시처럼 아무런 권한이 없고 백성은 이중삼중으로 수탈을 당해 무참히 짓밟히는 상황이었다. 그가 보기에 사람들은 스스로 재앙만 자초하는 듯하고, 하늘은 오로지 난리만을 내리는 것처럼 여겨졌다. 곡을 하려고 해도 무슨 낯으로 할 수 있겠으며, 말을 하려 해도 아무런 도움도 되지 않는 현실에서, 차라리 세상을 떠나 산 속으로 숨거나 바다를 건너려도 해도 그럴 수 있는 형편이 되지 못하니, 문을 닫아건 채 앓아누워 신음하면서 자신의 허물을 줄일 수 있기를 바랄 뿐이라고 탄식하였다.

그러나 김인섭은 이와 같이 지극히 어려운 상황 속에서도 한 줄기 희망을 발견하였다. 『주역(周易)』박괘(剝卦)에 음이 극성한 그 때에 다시 양을 회복하게 된다고 하였으니, 난리가 극성하면 다스려지는 데로 나아가게 되고 막힘이 종결되면 펼쳐지게 되는 것이다. 그리하여 매우 곤궁하고 험난한 시대 상황 속에서도 다시 회복될 날에 대한 희망의 씨앗을 품을 수 있었으며, 그 씨앗을 젊은이들이 키워나가기를 기대하였다.

김인섭이 「동지잠」을 통해 자신의 현실 인식과 미래에 대한 희망, 그리고 젊은이들에게 거는 기대를 여실하게 보여주고 있듯이, 이 시기의 잠 작품들 속에는 어려운 시대 여건 가운데서도 자신에 대한 수양을 부단히 정진할 뿐만 아니라, 함께 도학을 지켜나가야 할 동지에게 보내는 권계가 간절하게 담겨 있다.

만성 박치복이 정용기(鄭龍基)를 위해 지은 「독서잠(讀書箴)」, 김인섭이 동생에게 준 「지락잠(至樂箴)」, 면우 곽종석이 지은 「활재잠(活齋箴)」, 「실재잠(實齋箴)」, 「입잠(立箴)」, 「입이잠(卄以箴)」, 「세혼재잠(洗昏齋箴)」, 「정와잠(靜窩箴)」, 「박경희병잠(朴景禧屛箴)」 등과 회봉(晦峰) 하겸진(河謙鎭)의 「제이일해벽첩사잠(題李一海壁貼四箴)」, 「성헌잠(惺軒箴)」, 「양호재잠(養浩齋箴)」, 「증이경부삼잠(贈李璟夫三箴)」, 「제중섭병팔잠(題仲涉屛八箴)」, 「강자맹묵첩잠(姜子孟墨帖箴)」 등이 이러한 뜻에 부합하는 작품이라 말할 수 있다. 이 중에서 곽종석이 지은 「입잠(立箴)」을 대표적으로 살펴봄으로써, 거론한 작품들의 내용을 일일이 소개하는 번다함을 대체하려 한다.

維人之生	사람이 살아가는 삶이란,
直立兩間	천지 사이에 직립한 것이라네.
匪寢匪尸	잠을 자거나 죽은 시체가 아니라면,
寧或頹顚	어찌 무너져 쓰러질 수 있겠는가.
敬以立心	敬으로써 마음을 세우고,
義以立命	義에 의해 천명을 세우네.
公以立德	公으로써 덕을 세우고,
勤以立行	근면함으로 행실을 세우네.
維欲與怠	오직 욕심과 나태함이
乃立之賊	세움을 해치는 적이라네.
造次克念	짧은 순간에도 생각을 놓치 말아
罔敢不飭	감히 삼가지 않을 수 없네.
久乃堅植	오래되면 견고히 서게 되리니,
不撓不屈	요동하지도 굽히지도 않으리.
卓爾在中	우뚝히 천지 가운데 서서,
上下串徹	상하로 환하게 통하리라.
身以道立	자신을 道로써 세울 수 있다면,

己立立人   자기도 서고 남도 세워 주리라.
勖哉昂昂   힘쓸지어다! 위풍당당하게 서서,
視爾脚跟   너의 다리를 살필지어다.

이 작품은 곽종석이 1907년에 족자(族子) 곽창섭(郭昌燮)을 권계하기
위해 지은 것이다. 앞 부분에서 사람이 천지 가운데 서 있어야 할 당위성
을 설명한 후, 경(敬)·의(義)·공(公)·근(勤) 등에 의해 자신을 세우는 방
법에 대해 제시하였다. 그리고 욕심과 나태함이 바르게 서 있는 것을 해
치는 적이 되므로, 어떤 짧은 순간에도 감히 방심해서는 안 된다고 경계
하였다. 그리하여 오래도록 이와 같이 서 있을 수 있다면, 요동하지도 않
고 굽히지도 않아 우뚝히 천지 가운데 서서 하늘과 땅의 이치를 환하게
깨우칠 수 있을 것이라고 하였다.

마지막 부분에 이르러 '자신을 도(道)로써 세울 수 있다면, 자신도 서고
남도 세워 주리라. 힘쓸지어다! 위풍당당하게 서서, 너의 다리를 살피지
어다.'라고 권계함으로써, 곽종석이 곽창섭에게 이 잠을 지어주는 까닭을
분명히 드러내고 있다. 국내 정치의 문란과 외세 세력의 침입으로 인해
도학이 절체절명의 위기에 처한 상황에서, 자신을 도로써 올바르게 세울
수 있어야 남도 세워줄 수 있다. 그러므로 항상 위풍당당한 기개로 서 있
는 가운데, 자신이 도에 확립되어 있는가를 항상 살펴야 할 것이라고 말
하였다.

이것은 곽종석 스스로가 「계명잠(鷄鳴箴)」, 「장부잠(丈夫箴)」, 「강덕잠
(剛德箴)」, 「오잠五箴」, 「제석잠(除夕箴)」, 「원조잠(元朝箴)」, 「입춘잠(立
春箴)」 등을 지어 도에 굳건히 서 있기를 끊임없이 노력하였을 뿐만 아니
라, 앞으로 다음 세대를 이어가야 할 젊은이들에게 절망적 시대의 거센
물결에 휩쓸려 쓰러지지 말고 자신을 도에 우뚝이 세우기를 촉구한 것이
라 이해할 수 있다.

이외에도 김인섭의 「신독잠(愼獨箴)」·「산거사잠(山居四箴)」, 곽종석의 「경연잠(經筵箴)」·「서연잠(書筵箴)」·「역고재잠(繹古齋箴)」, 하겸진의 「자성사잠(自省四箴)」 등이 있는데, 논리 전개상 자세한 서술은 생략하기로 한다.

III. 지리산권 서부 호남 유학자의 잠 창작과 시기별 특징

호남지역 유학자의 잠 작품을 어떤 내적 요인이나 외적 상황에 따라 엄밀하게 나눌 수 있는 분명한 지표가 마땅하지 않기 때문에, 조선 전기·중기·후기라는 대략적인 경계로 범위를 설정했다. 후기는 다소 다른 성격을 지니지만, 전기와 중기에는 箴 작품에 뚜렷한 영향을 끼친 학술적·역사적 계기가 보이지 않아 전체적인 흐름의 경향을 넓게 조망하는 방향에서 검토하고자 하기 때문에 이런 구획만으로도 충분히 시기별 내용과 특징을 정리할 수 있으리라 판단된다.

1. 해석과 차운을 통한 의리의 발현

호남지역 유학자들의 전기 잠 작품은 소연(蘇沿, 1390-1441)이 창작한 것으로부터 이항(李恒, 1499-1576)이 지은 것에 이르기까지 총 6편이 지어졌다. 작자 및 작품을 도표로 정리해보자면 다음과 같다.

작자 및 생몰년	작품명
蘇 沿(1390-1441)	視民如傷箴, 淸愼勤箴,
柳崇祖(1452-1512)	大學箴
宋 純(1493-1582)	敬次朱子敬齋箴
羅世纘(1498-1551)	戒心箴
李 恒(1499-1576)	自強齋箴

소연으로부터 이항에 이르기까지 100년이 넘는 시기 동안 5명의 유학자에 의해 6편의 잠 작품이 창작되었으니, 그 수량이 매우 적다고 말할수 있다.

먼저 소연의 잠 작품을 살펴보자면, 「시민여상잠(視民如傷箴)」은 제목 아래에 '재니성시(宰尼城時)'라는 주석이 부기되어 있다. 이를 통해 이 작품은 그가 1433년 니성(尼城, 충남 논산시 노성[魯城의 옛이름])에 현감으로 부임한 당시 지은 것이라는 사실을 알 수 있다. '시민여상'이란 제목은 『맹자(孟子)』「이루(離婁)」 하편에 나오는 말을 인용한 것으로, 중국 주나라 문왕(文王)이 '다친 사람을 돌보듯이 백성을 보살폈다'는 고사를 가리킨다. 또한 북송(北宋)의 명도(明道) 정이(程顥, 1032-1085)은 산서성(山西省) 택주(澤州)의 진성현령(晉城縣令)으로 재임할 때 '시민여상'을 좌우명으로 삼아 큰 치적을 올렸으므로 백성들이 그를 부모처럼 따랐다고 한다.

소연은 문왕이 백성을 정성스럽게 다스린 고사와 후대의 정호가 그것을 본받아 실천한 일을 염두에 두고 니성현을 다스릴 적에 이 말로 자신을 경계하고자 했다고 보인다. 그러므로 그는 '시민여상'의 의미를 "하늘과 땅이 일리(一理)이며, 사물과 내가 동포라. 그 사이에서 중용을 행하여, 너무 따라주지도 고집하지도 말라. 처음 관직에 임명된 선비, 마음을 어떻게 보존해야 하나. 사람들 구제하고 사물을 사랑하여, 온화하게 다스려야 하리. 정성스러운 뜻으로 감동시켜, 항상 다친 사람 돌보듯 해야 하리. 측은하게 여기는 인(仁)으로 행해야지, 어찌 관리의 재능으로만 할 뿐이랴. 근본을 거슬러 올라가고 아래를 따라 내려오면, 이 마음이 아닌 것이 없어라. ……"라고 해석했다.

소연의 「시민여상잠」은 개인적인 필요에 의해 창작된 사잠이며, 수사기법은 『맹자』의 '시민여상'이 지닌 의미가 무엇인지에 대해 해석하고 그 내용을 실천하려 한 의리의 발현을 채택하고 있다.

다른 작품인 「청신근잠(淸愼勤箴)」은 관리로서 지켜야 할 덕목으로 청

렴[淸], 신중[愼], 근면[勤]을 제시한 후, 이 세 가지를 항상 생각하며 실천하기를 기약하는 내용이다. 그러므로 「청신근잠」은 관리가 지녀야 할 덕목을 해설한 사잠이다.

유숭조(柳崇祖, 1452-1512)의 「대학잠(大學箴)」은 「성리연원촬요(性理淵源撮要)」와 함께 중종(中宗)에게 지어 올린 것으로, 「대학삼강팔목잠(大學三綱八目箴)」 또는 「대학십잠(大學十箴)」으로 일컬어지기도 한다. 「대학잠」과 「성리연원촬요」는 중종의 특명으로 간행 반포되었으므로, 당시 학계에 많은 영향을 끼친 저술이라고 말할 수 있다.[6]

유숭조는 서문에서 임금을 비롯하여 신하와 백성들이 『대학』을 공부해야 하는 이유에 대해 다음과 같이 밝혔다.

신 숭조는 듣건대, 주자가 말씀하길 "『대학』의 도는 그림쇠[規]·곱자[矩]·수준기[準]·먹줄[繩] 등의 표준과 같으니, 먼저 자신을 다스린 이후에 다른 이들을 다스리는 것이다."라고 했습니다.
신은 삼가 그 말을 이어서, "『대학』의 도는 곧 수신·제가·치국·평천하의 규·구·준·승으로서 방형·원형·평형·직선의 지극한 것을 만든다."라고 풀이한 적이 있습니다. 임금된 자는 『대학』의 도를 환하게 드러내지 않을 수 없으니, 규·구·준·승이 그곳으로부터 나오기 때문입니다. 신하된 자는 『대학』의 도를 강론하지 않을 수 없으니, 규·구·준·승이 그를 통해 시행되기 때문입니다. 백성된 자는 『대학』의 도를 알지 못해서는 안 되니, 규·구·준·승을 마땅히 따라야 하기 때문입니다.[7]

---

6) 김기현, 「柳崇祖의 道學과 思想史的 位相」, 『퇴계학보』 제109집, 퇴계학연구원, 2001, 228면.

7) 柳崇祖, 『大學箴』, 「大學箴序」. "朱子曰 大學之道 猶規矩準繩 先自治而後 治人者也 〔臣〕竊嘗繼之曰 大學之道 乃修齊治平之規矩準繩 而爲方圓平直之至也 爲君者 不可不明大學之道 規矩準繩之所自出 爲臣者 不可不講大學之道 規矩準繩之所由施 爲民者 不可不知大學之道 規矩準繩之所當從"

유숭조는『대학』의 도란 집을 지을 때 사용하는 그림쇠[規]·곱자[矩]·수준기[準]·먹줄[繩] 등의 표준과 같다는 말8)을 인용한 후, 그 구절을 부연하여 수신·제가·치국·평천하를 실현하기 위해 반드시 필요한 표준으로서 방형·원형·평형·직선의 완전한 모양을 만들려면 규·구·준·승을 사용해야 하는 것과 같다고 전제했다. 그리하여 임금은 규·구·준·승의 표준이 나오는 곳이기 때문에『대학』의 도를 환하게 드러내지 않을 수 없고, 신하는 표준을 시행하는 역할을 담당하므로『대학』의 도를 강론하지 않을 수 없으며, 백성은 표준을 따라야 하는 대상이므로『대학』의 도를 알지 못해서는 안 된다고 설명했다.

『대학』의 도를 환하게 드러내고 강론하며 알아야 하는 당위성에 대해 서문에서 설명한 내용을 살펴보자면, 유숭조는『대학』을 임금으로부터 일반 백성에 이르기까지 누구나 배우고 익혀야 하는 매우 중요한 경서로 인식하고 있음을 확인할 수 있다. 따라서 그는 성균관 대사성으로 재직할 때『대학』의 도를 표준으로 삼아 나라를 다스려나가기 바라는 마음에서 중종(中宗)에게 올린 것이었다.

유숭조의 「대학잠」은 「명명덕잠(明明德箴)」·「작신민잠(作新民箴)」·「지지선잠(止至善箴)」·「사무송잠(使無訟箴)」·「격물치지잠(格物致知箴)」·「근독잠(謹獨箴)」·「정심잠(正心箴)」·「수신잠(修身箴)」·「제가치국잠(齊家治國箴)」·「혈구잠(絜矩箴)」 등 10개 잠을 통해『대학』의 핵심 내용을 밝힌 것이다. 지리산권 동쪽지역의 남명학파 학자인 서계(西溪) 박태무(朴泰茂, 1677-1756)가『대학』의 내용을 대학(大學), 명명덕(明明德), 신민(新民), 지지선(止至善), 삼강령(三綱領), 격물(格物), 치지(致知), 성의(誠意), 정심(正心), 수신(修身), 제가(齊家), 치국(治國), 평천하(平天下), 팔

---

8) 유숭조는 이 구절을 朱子의 말이라고 했는데, 사실은『論語』「八佾」 제22장 '管仲之器小哉'의 朱子註에 인용된 楊雄의 말이다. 원출처는『楊子雲集』「先知篇」에 나오는 구절로, 원문은 "大器 其猶規矩準繩乎 先自治而後治人之謂大器"이다.

조목(八條目), 정주대공(程朱大功) 등 15가지 조목으로 나누어 「대학잠」을 지은 일이 있었다.

두 작품은 「대학잠」이라는 제목으로 『대학』의 뜻을 해석하여 의리를 발현했다는 점에서는 동일하지만, 유숭조의 작품은 임금의 통치를 돕기 위해 지어진 관잠인데 비해 박태무의 것은 스스로 학문에 힘쓰기 위해 창작된 사잠이다. 그리고 창작 시기도 유숭조의 「대학잠」이 대략 200년 정도 앞서며, 분량의 측면에서도 비교가 안 될 만큼 훨씬 방대하다.

그럼에도 불구하고 현존하는 한문 작품 가운데 『대학』의 의미를 잠의 형식을 통해 밝힌 것이 두 사람의 「대학잠」과 백불암(百弗庵) 최흥원(崔興遠, 1705-1786)의 「독대학잠(讀大學箴)」 외에는 보이지 않는다는 점을 생각한다면, 그 희소성도 중요한 의미를 지니겠지만 그것과 아울러 지리산 권역의 동쪽과 서쪽이라는 지역 범위에 함께 포함되고 있다는 점에서 상호 비교 검토될 충분한 이유를 가진다. 하지만 여기서는 지면 관계상 더 이상의 논의는 생략하며 별도의 논고를 통해 두 작품을 비교할 수 있기를 기약한다.

송순(宋純, 1493-1582)의 「경차주자경재잠(敬次朱子敬齋箴)」은 주자가 지은 「경재잠(敬齋箴)」에 차운한 사잠으로, 전대 잠 작품의 내용을 해석하고 그 형식을 모방하여 의리를 발현한 것이다. 송순의 작품은 주자의 「경재잠」을 보다 분명하게 부연 설명했다. 「경재잠」에서는 분명하게 드러나지 않는 경(敬)의 개념 정의가 「경차주자경재잠」에서는 선명하게 드러나 있기 때문이다. 주자는 경의 의미를 구체적 모습으로 제시하려 했다면, 송순은 그런 구체적 표현을 해석하여 기존의 경 개념으로 부연 설명하고자 한 것이라 이해된다.

나세찬(羅世纘, 1498-1551)의 「계심잠(戒心箴)」은 잠 앞에 붙여진 서문의 첫 구절이 '신(臣)은 들건대'라는 말로 시작되고 있으므로, 임금에게 올린 관잠인 것을 알 수 있다. 그는 1533년 문과중시에 장원으로 뽑혔지만 대책문(對策文)에서 김안로(金安老)의 전횡을 통박하는 글을 섰다가 그의 모함을 받아 고성(固城)에 위리안치(圍籬安置)되었으며, 중종 32년(1537) 김안로가 사사되자 유배에서 풀려나 예문관 봉교로 복직되었다. 그 뒤 1544년 이조참의 · 동부승지 · 대사성 등을 거쳐 한성부 부윤으로 동지춘 추관사를 겸하여 『중종실록(中宗實錄)』의 편찬에 참여했다.[9]

『중종실록』에 의하면, 중종은 1511년 11월 25일 신하들에게 계심잠(戒心箴)을 지어 올리라는 명을 내린 일이 있었다. 또한 1516년 11월 29일 홍문관이 계심잠을 지어 올렸는데, 고과(考課)에서 조광조(趙光祖)가 장원했다는 기사가 실려 있다. 그리고 1543년 10월 17일 계심잠을 제목으로 하여 성균관 유생들에게 짓게 하라고 승지에게 명한 일이 있었다. 이처럼 중종은 여러 차례 신하들과 유생들에게 자신을 경계시킬 계심잠을 지어 올리도록 명을 내린 사실이 확인된다. 따라서 나세찬의 「계심잠」도 중종의 하명에 응하여 지은 것이라 추론해 볼 수 있다.

그 내용은 마음을 보존하고 함양하는 방법에 대해 해설한 것으로, 잠의 수사 기법 가운데 덕목의 해설에 해당한다. 그는 마음의 주인을 삼가고 두려워 하는 계신(戒慎)과 공구(恐懼)로 파악하여 공경하고 또 공경하여 깊은 연못 가에 임한 듯 얇은 얼음 위를 걷는 듯이 행하는 마음 수양만한 것이 없다고 말한다. 그리하여 하루 경계하면 한날 동안 요순(堯舜)이 되고 종신토록 경계하면 평생 동안 요순이 되며, 경계하느냐 그렇지 않느냐에 따라 천리(天理)가 보존되고 인욕(人欲)에 사로잡히게 된다는 말로 종결지었다.

이항(李恒)의 「자강재잠(自強齋箴)」은 『중용』에 보이는 '자강불식(自強不息)'에 근거하여 부단히 학문을 배우고 심신을 수양함으로써 성인의 경지에까지 이르도록 노력하자는 내용이다. 작품 아래에 "학자는 성인을 기

9) 오병무, 「湖南儒學史」(上), 『남도문화연구』 제5집, 순천대학교 남도문화연구소, 1994, 53면.

약하여 미칠 수 있다고 생각해야 한다. 자잘하게 작은 성공을 거두려는 마음이 있으면 이는 스스로 한계를 긋는 것이니, 함께 큰일을 해나갈 수가 없다. 이것은 곧 성문(聖門)의 죄인이다. 성문의 죄인일 뿐만 아니라, 또한 오당(吾黨)의 죄인이다. 그러므로 대순(大舜)으로써 끝을 맺은 것이다."[10]라고 해설을 부기하여 자강부식의 노력이 추구하는 목적은 성인이 되는 데에 있다는 사실을 거듭 강조했다.

「자강재잠」은 서재의 이름인 '자강(自强)'이 추구해야 하는 목적과 실천 방법을 서술한 작품으로, '자강부식'의 의리적 해석에 중점이 있다. 따라서 의리의 발현을 수사 기법으로 삼은 사잠이라고 분류할 수 있다.

이상 살펴본 바와 같이, 전기에 해당하는 호남지역 유학자의 잠 작품들은 6편 가운데 2편이 중종에게 올려진 관잠이다. 그리고 경전 구절을 해석한 것이 3편, 전대의 작품에 차운하여 계승한 것이 1편으로, 의리의 발현을 수사 기법으로 삼은 작품이 상당한 비율을 차지한다. 이러한 점은 아래에서 검토할 중기의 잠 작품들이 수양의 덕목에 대해 스스로 실천할 것을 다짐하거나 타인에게 권면하는 내용이 압도적으로 많다는 사실과 비교해 볼 때, 전기의 잠 작품들이 가지는 특징이라고 규정할 수 있다.

2. 자성과 훈계를 위한 덕목의 해설

중기는 잠을 지은 유학자가 4명밖에 되지 않아 전기에 비해 인원수가 더욱 줄었지만, 작품의 수량은 7편으로 1편이 더 늘어난 셈이다. 하지만 안방준(安邦俊, 1573-1654)으로부터 황윤석(黃胤錫, 1729-1791)에 이르기까지 150년이 넘는 시기 동안 4명의 유학자가 7편의 작품을 지었다는 것은 전기와 마찬가지로 매우 영성한 상황이라고 밖에 말할 수 없다.

작자와 작품을 정리하자면 아래와 같다.

---

10) 李恒, 『一齋集』 雜著, 「自强齋箴」. "學者以聖人爲可期及 稍有小成之心 是自畫 不可與有爲 乃聖門之罪人也 不啻聖門之罪人 抑亦吾黨之罪人也 故以大舜終焉"

작자 및 생몰년	작품명
安邦俊(1573-1654)	口箴
愼天翊(1592-1661)	自戒箴, 樂命箴
黃 暐(1605-1654)	莫見乎隱箴
黃胤錫(1729-1791)	自警箴, 客中題壁三箴, 集古訓題斗兒冊房示箴

안방준의 「구잠(口箴)」은 시의적절하게 말해야 한다는 것을 경계한 작품으로, 수양의 덕목을 해설한 사잠이다. 그 내용이 짧고 간결하지만 '언(言)'자가 계속적으로 반복되어 깊은 각인을 불러일으킨다. 전문을 소개하자면, "말해야 할 때 말하고 말하지 않아야 할 때 말해선 안 되네. 말해야 할 때인데 말하지 않아서는 안 되고 말하지 않아야 할 때인데 말해서는 또한 안 되네. 입이여, 입이여. 이와 같이 할 따름이라."라고 서술했다.

신천익(愼天翊, 1592-1661)의 「자계잠(自戒箴)」은 중(中)·화(和)를 실천하는 것이 곧 인(仁)을 행하는 일이라고 제시한 후 이것을 통해 자신의 선한 본성을 회복하기를 기약한 내용이다. 이 작품 역시 수양의 덕목을 해설한 사잠이다. 「낙명잠(樂命箴)」은 음양(陰陽)의 성쇠와 화복(禍福)의 전환은 늘 반복되며 명(命)은 은미하지만 도(道)는 매우 분명하므로, 군자는 자신에게 주어지는 존망의 명을 즐거이 받아들인다는 내용이다. 3언 6구의 간결한 문장으로 천명을 기꺼이 받아들이려는 의지를 분명하게 표현하고 있으니, 덕목을 해설한 사잠이다.

황위(黃暐, 1605-1654)의 「막현호은잠(莫見乎隱箴)」은 『중용』 제1장에 보이는 '은미한 데에서 드러나지 않음이 없다[莫見乎隱]'의 구절에 대해 그 의미를 해석해 의리를 발현한 작품이다. 그런데 작품의 내용 가운데 '필부에 있어서도 오히려 이와 같을진대, 하물며 지금 임금된 이가 공경하지 않을 수 있겠는가.'라는 부분을 살펴본다면, 자신을 경계하기 위한 사잠이 아니라 임금에게 지어 올린 관잠이라는 사실을 알 수 있다. 같은 시기에 활동한 활재(活齋) 이구(李榘, 1613-1654)도 동일한 제목으로 잠을 지었는데, 그 내용에서 '하물며 이 분은 임금이니 힘쓰지 않을 수 있겠는가.'[11]라고 언급한 것에 근거하자면 당시 '막현호은(莫見乎隱)'에 관한 잠을 지어 올리라는 임금의 명이 있었다고 추론해 볼 수 있다.

황윤석(黃胤錫)의 「자성잠(自省箴)」은 스스로 수양하기 위해 덕목을 해설한 사잠이다. 서문에서 선하지 않음을 알고도 행하는 자는 사람이 아니며, 고쳐야 한다는 것을 알고도 하지 않는 자도 사람이 아니라고 규정했다. 그리고 사람으로서 사람이 아니라면 죽어서도 편안하지 못하며, 살아서도 아무런 유익을 끼치지 못한다고 설명했다. 게다가 한 가지 악한 생각이라도 하늘은 반드시 알며 한 가지 그릇된 생각이라도 하늘은 벌을 줄 것이므로, 사람으로서 사람이 아닌 것에 대해 삼가 경계로 삼아 하늘이 악한 생각을 알고 그릇된 생각을 벌하는 일이 없도록 해야 한다고 경각시켰다. 그런 후 4언 8구의 「자성잠」을 서술했다.

「객중제벽삼잠(客中題壁三箴)」은 제목 아래에 '당시 동부(東部)에서 당직을 섰다'라는 주석이 부기되어 있는 것으로 보아 관청에서 직일을 담당하며 3편의 잠을 지은 것이라고 알 수 있다. 그런데 제목에서 '벽에 적다[題壁]'라는 말을 썼으므로, 자신을 경각시키고자 한 것일 뿐만 아니라 주위의 사람들과 경계의 내용을 공유하고자 하는 의도도 저변에 담겨 있다고 이해된다.

첫 번째 잠에서는 자신의 말과 행동을 삼가 해야 한다고 경계했다. 몸은 매우 막중한 것인데 혹 검속하지 않고 마음은 참으로 위태로운 것인데 혹 수렴하지 않아 남들이 보는 드러난 곳에서 종종 말을 실수하게 되며 아무도 없는 은밀한 곳에서 왕왕 행실을 소홀히 하게 된다고 전제했다. 그런 후 세상 사람들이 모두 자신이 사람이라고 말하지만, 이와 같이 행하면서도 사람이라고 말하는 것이 옳겠느냐고 탄식했다. 결론적으로

---

11) 李榘, 『活齋集』 卷7, 「莫見乎隱箴」. "矧伊人辟 其可不勉"

그것을 면할 수 있는 방법은 깊은 연못가에 임한 듯 얇은 얼음을 밟는 듯 삼가고 조심하는 것이라고 제시했다.

두 번째 잠은 한때의 욕심을 참지 못해 평생을 망치고 일시적인 분노를 참지 못해 큰일을 그르치는 경우가 있다고 서술한 다음 '분노를 징계하고 욕심을 막아라[懲忿窒慾]'는 수양의 방법을 처방했다. 그런데 '청컨대 우선 징질(懲窒) 두 글자에 종사하기를'라는 표현으로 제시하고 있으므로, 경계의 대상이 자신뿐만 아니라 타인에게도 함께 열려 있음을 분명하게 확인할 수 있다.

마지막으로 세 번째의 잠에서는 과거는 출신(出身)을 하기 위한 것이므로 그릇된 방법을 통해 구하려 해서는 안 되며, 사환(仕宦)은 임금을 섬기기 위한 것이기에 개인적인 이익을 도모해서는 안 된다고 전제했다. 그리하여 의로움이 있는 곳이라면 가혹한 형벌을 받더라도 조금도 피해서는 안 되며, 형세가 쏠리는 곳이라면 부귀영화가 있을지라도 혹 쫓아가서는 안 된다고 말했다. 자신을 등용해준다면 예악(禮樂)을 계승하고 형정(刑政)을 보완할 것이며, 등용해주지 않는다면 전원에서 즐거워하고 강호에서 근심하면서 살아가리라고 포부를 말했다. 그리고 마지막 부분에서는 등용되든 은거하든 본래 분명한 도리가 있으니, 옛사람들과 더불어 같은 무리가 되는 데에 부끄럽지 않아야 한다고 경계했다.

「집고훈제두아책방시잠(集古訓題斗兒冊房示箴)」은 자식을 훈계하기 위해 생활 속에서 실천해야 할 덕목을 해설한 사잠이다. 자식을 가르치는 것은 지극히 중요한 일이며, 책을 읽는 것은 매우 즐거운 일이라고 서두를 열었다. 그런 후 진정 실심(實心)으로 각고의 공부를 하되 아침 일찍 일어나 저녁 늦게 잠들고 하루 종일 부지런히 노력해야 한다고 훈계했다. 그리고 얇은 얼음을 디디는 듯 호랑이를 밟는 것처럼, 깊은 연못가에 서 있는 듯 아득한 골짜기에 떨어질 것처럼 항상 삼가고 조심해야 한다고 권면했다.

이상 살펴본 바와 같이, 중기에 창작된 호남지역 유학자의 잠 작품은 『중용』제1장의 '막현호은'을 해석한 황위의 「막현호은잠」을 제외하고는 모두 생활 속에서 실천해야 할 수양의 덕목을 해설한 내용들이다. 다만 경계하는 대상이 자신에게 한정되느냐 아니면 자식이나 주변의 타인에게 확장되느냐의 차이가 있을 뿐, 개인적인 용도인 사잠의 범위를 벗어나는 작품은 없다.

3. 도학의 수호를 위한 자기 확립과 타인 권계

후기는 전기 및 중기에 비해 거의 5~6배가 넘을 정도로 많은 분량의 잠 작품이 창작되었다. 그리고 경계의 내용과 방법이 이전과 달리 다양하게 확산되는 경향을 보인다. 기정진(奇正鎭, 1798-1880)으로부터 류영선(柳永善, 1893-1961)에 이르기까지 100년 동안 14명의 유학자에 의해 37편의 잠이 지어졌다.

작자 및 생몰년	작품명
奇正鎭(1798-1880)	書室箴
曹毅坤(1832-1893)	不足畏箴
金漢燮(1838- ？)	主一齋箴, 紙尺箴, 讀書箴
田 愚(1841-1922)	九容箴, 友石箴, 心箴, 士箴
奇宇萬(1846-1916)	三山書室課程箴
吳駿善(1851-1931)	訥齋箴, 蒙齋箴
李鍾宅(1865- ？)	蒙養齋箴
孔學源(1869-1939)	自箴, 過不及箴
崔秉心(1874-1957)	躁箴
鄭 琦(1879-1950)	自警箴, 月湖書室箴, 立志箴
鄭衡圭(1880-1957)	浩氣箴, 夜氣箴, 性師心弟箴
金澤述(1884-1954)	次敬齋箴, 元朝自警箴, 八如箴, 愼口箴, 愼言箴, 戒酒箴, 酒箴, 財箴
權純命(1891-1974)	求道齋箴, 克己箴
柳永善(1893-1961)	次范氏心箴, 愼言箴, 謹行箴, 書室箴, 戒貨色箴

기정진의 「서실잠(書室箴)」은 독서를 방해하는 무지(無志)·구습(舊習)·기품(氣稟) 세 가지 요소를 서술한 후, 구습(舊習)을 바꾸기 위해 용기가 필요하고, 기품을 변화하기 위해 경(敬)이 있어야 하며, 유지(有志)는 원기(元氣)와 같으므로 이것이 없으면 약을 쓸 수가 없다고 설명했다. 그리고 흠칫 놀라며 돌이켜 구하는 것이 자기에게 달려 있을 뿐이니, 늙었다 말하지 말고 안자(顔子)를 닮도록 노력해야 한다고 경계했다. 이 작품은 독서의 방해 요소와 그것에 관한 처방을 설명하는 방식으로 경계한 것이니, 덕목을 해설한 사잠이다.

이와 같은 성격의 작품으로는 족(足)·수(手)·목(目)·구(口)·성(聲)·두(頭)·기(氣)·입(立)·색(色)의 구용(九容)을 해설한 전우(田愚)의 「구용잠(九容箴)」, 조급함에 대해 경계하고 그것을 극복할 덕목을 서술한 최병심(崔秉心)의 「조잠(躁箴)」, 증자(曾子)가 사(士)로서 가져야 할 덕목으로 말한 넓음[弘]과 굳셈[毅]을 자신의 부절(符節)로 삼는다고 각오한 정기(鄭琦)의 「자경잠(自警箴)」, 김택술(金澤述)이 불혹(不惑)의 나이에 자신을 돌아보며 수양에 힘쓸 것을 다짐한 「원조자경잠(元朝自警箴)」, 입·술·재물을 삼가도록 경계한 「신구잠(愼口箴)」·「주잠(酒箴)」·「재잠(財箴)」, 류영선이 말·행실·재화·여색을 삼가도록 경계한 「신언잠(愼言箴)」·「근행잠(謹行箴)」·「계화색잠(戒貨色箴)」, 공부에 매진할 것을 각오한 「서실잠(書室箴)」 등 11편이 이에 속한다. 따라서 기정진의 「서실잠」과 합한다면 총 12편이 된다.

수양이나 윤리 덕목을 해설한 내용의 측면에서는 동일하지만, 타인을 경계시키기 위해 지어진 작품들이 있다. 김한섭(金漢燮)이 독서하는 어린 자식에게 종이와 자에 비유하여 깨끗함과 올곧음을 힘쓰라고 권면한 「지척잠(紙尺箴)」, 윤맹원(尹孟元)에게 독서의 의미와 방법에 대해 가르쳐준 「독서잠(讀書箴)」, 전우가 김석규(金錫奎)의 '우석(友石)'이라는 자호(自號)를 부연하여 수양에 힘쓸 것을 권고한 「우석잠(友石箴)」, 전시봉(全時鳳)

과 이근(李根)에게 마음 수양에 힘쓰라고 권면한 「심잠(心箴)」, 홍양구경회제현(興陽久敬會諸賢)에게 선비로서 매진해야 할 덕목에 관해 해설한 「사잠(士箴)」, 기우만(奇宇萬)이 삼산서실(三山書室)의 제생들에게 생활하면서 행해야 할 실천 덕목을 게시한 「삼산서실과정잠(三山書室課程箴)」, 오준선(吳駿善)이 정현춘(鄭鉉春)의 눌재(訥齋)가 지니는 의미를 부연 설명하여 수양에 힘쓰도록 권면한 「눌재잠(訥齋箴)」, 문창선(文昌善)의 몽재(蒙齋)라는 서재 이름을 해설하고 경계시킨 「몽재잠(蒙齋箴)」, 이종택(李鍾宅)이 몽양재(蒙養齋)라고 서재 이름을 붙인 곡구(谷口)의 정군(鄭君)에게 그것이 가지는 의미를 해석하고 경계시킨 「몽양재잠(蒙養齋箴)」, 정기(鄭琦)가 기세직(奇世稷)의 월호서실(月湖書室)을 위해 지은 「월호서실잠(月湖書室箴)」, 박윤숙(朴允肅)을 위해 지은 「입지잠(立志箴)」, 김택술(金澤述)이 안영태(安永台)에게 8가지 비유를 통해 입지(立志) · 방사(防私) · 처선(處善) · 징악(懲惡) · 기서(嗜書) · 경타(警惰) · 정맹(精猛) · 신매(迅邁)에 힘쓸 것을 권면한 「팔여잠(八如箴)」, 제생들에게 말을 삼갈 것을 경계시킨 「신언잠(愼言箴)」, 자신과 아우를 경계하기 위해 지은 「계주잠(戒酒箴)」 등의 14편이 있다.

위에서 열거한 작품들을 통해 확인할 수 있듯이, 후기의 잠 작품들은 타인을 경계시키기 위한 것이 많은데, 비단 덕목을 해설한 잠뿐만 아니라 의리를 발현한 작품들에도 이러한 경향이 두드러지게 나타난다. 김한섭이 위관일(魏貫一)의 주일재(主一齋)라는 서재를 위해 '주일(主一)'의 의미를 해설하고 경계시킨 「주일재잠(主一齋箴)」, 권순명(權純命)이 이성호(李性浩)의 구도재(求道齋)를 위해 도의 의미와 구도의 방법에 대해 해설한 「구도재잠(求道齋箴)」, 제생들이 극기(克己)의 올바른 뜻을 이해하여 실천하도록 권면한 「극기잠(克己箴)」 등 3편이 있으므로, 앞의 14편과 합한다면 모두 17편이 되며, 전체 작품수의 46%에 해당하는 비율을 차지한다.

이러한 경향은 지리산 동부의 남명학파 학자들에게도 동일하게 나타나고 있다. 그 까닭은 앞에서 이미 서술하였듯이, 구한말의 절박한 시대적·역사적 상황으로 인해 잠을 통해 동도(同道)의 사람들에게 권면하고자 하는 의식이 반영된 현상이라고 이해할 수 있다.

호남지역 유학자들이 창작한 총 37편의 잠 작품 중에서 덕목을 해설하여 자신을 경계한 12편, 타인을 권면한 14편, 의리를 발현하여 타인을 권고한 3편을 살펴보았는데, 이제 남은 것은 의리를 발현하여 자신을 경계한 8편의 작품이다. 조의곤(曺毅坤)의 「부족외잠(不足畏箴)」은 공자(孔子)가 말한 '후배를 두려워 할만하다[後生可畏]'라는 구절을 해석하여 불혹의 나이에 이른 자신을 각성시키고자 했다.

공학원(孔學源)의 「자잠(自箴)」은 학파마다 성리설(性理說)이 달라 분분한 논쟁이 일어나는 것을 지적하며, 이기심성론(理氣心性論)에 관한 자신의 견해를 잠의 형식을 통해 명료하게 밝히고자 한 작품이다. 「과불급잠(過不及箴)」은 공자가 말한 '지나친 것은 모자라는 것과 같다[過猶不及]'라는 구절에 대해 해석하여 자신을 경계한 내용이다. 정형규(鄭衡圭)의 「호기잠(浩氣箴)」과 「야기잠(夜氣箴)」은 맹자(孟子)가 제기한 '호연지기(浩然之氣)'와 '야기(夜氣)'에 대해 그 의미를 밝혀 스스로 수양에 힘쓸 것을 각오한 작품들이다. 그리고 「성사심제잠(性師心弟箴)」은 스승인 간재(艮齋) 전우(田愚)가 주창한 '본성은 스승이며 마음은 제자이다[性師心弟]'라는 성리설에 대해 부연 설명한 내용이다. 전기의 유숭조는 잠이라는 문체로 『대학』의 내용을 해석하여 경전의 의미를 밝힌 것에 비해, 후기의 공학원과 정형규는 성리설에 관한 견해를 개진하여 자신 및 학파가 주창하는 학설을 분명하게 드러내고자 했다.

김택술의 「차경재잠(次敬齋箴)」은 전기의 송순이 지은 「경차주자경재잠」과 마찬가지로 주자가 지은 「경재잠」에 차운하여 그 의미를 밝힌 작품이며, 류영선의 「차범씨심잠(次范氏心箴)」은 중국 남송의 학자인 범준(范浚)이 지은 「심잠(心箴)」에 차운하여 의리를 발현한 잠이다.

후기에 지어진 37편의 잠 작품들을 모두 검토해보았다. 이 시기는 이전보다 양적으로도 월등하게 많을 뿐만 아니라, 수사 기법도 다양한 양상으로 서술되었다. 타인을 경계한 작품이 큰 비중을 차지하는 점은 지리산권 동부의 남명학파와 동일하게 나타나는 현상이지만, 자신 및 학파가 주창하는 성리설을 잠의 문체로 드러내어 밝히고자 한 것은 남명학파는 물론 호남지역 내에서도 이전에 없는 독특한 특징이라고 말할 수 있다.

IV. 지리산권 유학자의 잠(箴)에 나타난 동이성

이상으로 앞에서 고찰한 내용을 정리해보자면 다음과 같다. 먼저 지리산권 동부 남명학파의 잠 작품은 학파가 형성되어 전성기를 누린 16~17세기, 인조반정으로 인해 큰 타격을 입고 침체되었던 18세기, 남명학파의 부흥기이자 도학이 위협받던 시기인 19세기로 나누어 살펴보았다.

16~17세기의 잠 작품은 남명학파의 종장인 남명 조식이 창작한 것으로부터 동계 권도가 지은 것에 이르기까지 총 26편이 전해지는데, 그 특성은 크게 세 가지로 요약할 수 있다. 첫째, 창작 동기에 있어 타인을 깨우쳐주기 위한 것보다는 자신을 경계하기 위한 작품이 많다. 둘째, 호흡법의 수양 방법을 사실 그대로 기술한 곽재우의 「조식잠」을 제외하고는 대부분의 작품들이 덕목을 해설하는 방식으로 서술했으며 수사 기법에 있어 진지하고 엄숙한 면모를 띠고 있다. 셋째, 수양의 중요성을 제기하고 자신이 추구해야 할 수양 방법을 확립하여 실천하고자 다짐하는 것으로 내용을 구성하고 있는 작품들이 많다.

이 세 가지 사실에 근거해 본다면, 이 시기에 창작된 남명학파의 잠 작품은 단순히 자신을 경계하는 차원에 머무르지 않고 자신을 어떻게 수양할 것인지에 대한 방법을 모색하여 확립하고자 노력하는 성향을 보이고 있다. 그러므로 위에서 제기한 거의 대부분의 작품이 자신을 경계하기 위해 창작되었으며 진지하고 엄숙하게 의리를 발현하는 방식으로 서술되어 있다는 사실도 이 시기의 잠 작품이 지니는 이와 같은 성향과 긴밀하게 연관되어 나타나는 현상이라고 이해된다.

18세기는 인조반정과 무신사태로 인해 남명학파가 매우 침체된 시기였다. 이러한 때를 살았던 박태무는 매우 많은 분량의 잠 작품을 창작하였으며, 그 내용은 모두 자신이 추구하는 수양의 목표와 실천 방법을 표방한 의리의 발현이었다. 「침잠(枕箴)」은 베개를 제목으로 설정하였으므로 가탁의 풍자나 은유를 사용하여 서술할 듯하지만, 그 내용을 보면 일말의 풍자나 은유도 나타나지 않은 채 수양에 대한 결연한 의지를 직설적으로 표현하였다. 그리고 베개뿐만이 아니라, 그가 생활하는 주변의 모든 사물에 수양의 지향과 의지를 담아 이름을 붙임으로써 한 순간도 방심하지 않으려는 자세를 견지하였다.

박태무가 수양에 대한 결연한 의지를 잠 작품에 담아 자신을 한결같이 붙잡아 지키려 한 까닭은 남명학파의 일원으로서 그가 처한 시대의 학파적 상황과 무관하지 않으리라 생각된다. 인조반정으로 인해 남명학파가 심각한 타격을 입은 상황에서 무신사태까지 일어나게 되자, 남명학파의 학자들은 더 이상 발을 붙일 곳이 없을 만큼 운신의 폭이 좁아졌다. 이러한 상황에서 남명학파의 학자로서, 그 시대를 어떻게 극복해 나갈 것이며 후대의 학자들에게 학맥을 이어줄 것인가에 대한 문제는 자신이 짊어지고 가야 할 막중한 사명일 수밖에 없었다.

따라서 그는 외부를 향한 항거가 아니라 자신을 견고하게 붙잡아 지키는 수양에 착념하여 스스로를 올바르게 세우고자 노력하였다. 이것은 그 자신을 지켜나가는 일이기도 하지만 더 나아가 남명학파의 명맥이 끊어지지 않고 이어질 수 있는 하나의 방법이 된다는 점을 생각할 때, 18세기 남명학파가 극심한 침체기를 겪은 때에 박태무가 고뇌하고 선택한 삶의 방향성을 충분히 짐작할 수 있다.

19세기에 창작된 잠 작품의 특징은 타인을 위해 지은 작품이 상당 부분을 차지한다는 점이다. 그리고 타인을 위한 작품의 내용에 있어서도 상대방에게 필요한 어떤 주제를 설정하여 권면하거나 건물 이름에 담긴 의미를 부연하여 주인이 상고하게 함으로써 권계하는 등의 방식으로 깨우쳐주는 것이 대부분에 해당한다.

이 당시 남명학파의 학자들은 일본 및 서양의 외세 침입과 국내 정치의 문란 등으로 인해 나라의 존망에 대해 크게 우려하였으며, 더욱이 명나라가 멸망한 이후 도를 온전히 보존하여 계승하고 있는 우리나라가 외세의 세력에 의해 점령되는 것은 도학의 단절이라는 종말을 초래할 것이라는 위기 의식을 가졌다. 그리하여 그들은 엄격한 수양을 통해 자기를 올바르게 세우기 위해 분발하였을 뿐만 아니라, 함께 도학을 지켜나가야 할 이들에게 간절한 마음으로 권계하여 위기의 상황을 타개하고자 노력하였다.

호남지역 유학자의 잠 작품은 어떤 내적 요인이나 외적 상황에 따라 엄밀하게 나눌 수 있는 분명한 지표가 마땅하지 않기 때문에, 조선 전기·중기·후기라는 대략적인 경계로 범위를 설정했다. 후기는 다소 다른 성격을 지니지만, 전기와 중기에는 잠 작품에 뚜렷한 영향을 끼친 학술적·역사적 계기가 보이지 않아 전체적인 흐름의 경향을 넓게 조망하는 방향에서 검토하고자 했기 때문이다.

전기의 잠 작품은 소연이 창작한 것으로부터 이항이 지은 것에 이르기까지 총 6편이 지어졌다. 그 가운데 2편이 중종에게 올려진 관잠이다. 그리고 경전 구절을 해석한 것이 3편, 전대의 작품에 차운하여 계승한 것이 1편으로, 의리의 발현을 수사 기법으로 삼은 작품이 상당한 비율을 차지한다.

중기는 잠을 지은 유학자가 4명밖에 되지 않아 전기에 비해 인원수가 더욱 줄었지만, 작품의 수량은 7편으로 1편이 더 많은 늘어났다. 하지만 안방준으로부터 황윤석에 이르기까지 150년이 넘는 시기 동안 4명의 유학자가 7편의 작품을 지었다는 것은 전기와 마찬가지로 매우 영성한 상황이라고 밖에 말할 수 없다.

『중용』제1장의 '막현호은'을 해석한 황위의 「막현호은잠」을 제외하고는 모두 생활 속에서 실천해야 할 수양의 덕목을 해설한 내용들이다. 다만 경계하는 대상이 자신에게 한정되느냐 아니면 자식이나 주변의 타인에게 확장되느냐의 차이가 있을 뿐, 개인적인 용도인 사잠의 범위를 벗어나는 작품은 없다.

후기는 전기 및 중기에 비해 거의 5~6배가 넘을 정도로 많은 분량의 잠 작품이 창작되었다. 그리고 경계의 내용과 방법이 이전과 달리 다양하게 확산되는 경향을 보인다. 기정진으로부터 류영선에 이르기까지 100년 동안 14명의 유학자에 의해 37편의 잠이 지어졌다.

이 시기는 이전보다 양적으로도 월등하게 많을 뿐만 아니라, 수사 기법도 다양한 양상으로 서술되었다. 그리고 무엇보다 타인을 경계한 작품이 큰 비중을 차지하고 있는데, 이것은 구한말의 절박한 시대적·역사적 상황으로 인해 잠을 통해 동도(同道)의 사람들에게 권면하고자 하는 의식이 반영된 현상이라고 이해할 수 있다. 또한 자신 및 학파가 주창하는 성리설을 잠의 문체로 드러내어 밝히고자 한 것도 이전 시기에는 없는 하나의 특징이라고 말할 수 있다.

이러한 결과를 추출해 볼 때, 지리산권 동부와 서부의 잠 작품이 가지는 특성은 전기와 중기는 서로 다른 양상을 보이지만 19세기 조선 말기에 이르러선 공통된 분모를 많이 가진다는 사실을 확인하게 된다. 전기와 중기에 다른 양상이 많은 이유는 지리산권 동부와 서부의 유학자 및 학파가 견지한 학문 성향에 연유된 것이라고 이해된다.

동부지역의 남명학파는 종장인 남명 조식으로부터 학문의 이론 탐구보다 생활 속에서의 실천을 강조하는 특징을 가졌기 때문에, 잠을 통해 삶의 지향점과 수양 방법을 제시하고 실천하려는 의지가 강하게 나타난다. 따라서 잠의 내용도 수양의 내용 및 방법을 서술한 것이 매우 구체적이며 실질적이다.

이에 비해 호남지역 유학자의 전기 잠 작품은 수량이 적을 뿐만 아니라, 그 내용도 6편 가운데 2편이 임금을 위해 지은 관잠이며 나머지 4편은 경전을 해석하거나 전대의 작품에 차운한 것이다. 중기는 전기보다 자율적으로 자신을 성찰하고 수양하는 일에 관심을 가지고 방법을 제시하는 경향이 짙어졌다고 비교할 수 있지만, 4명의 유학자가 지은 7편의 잠 가운데 임금의 명으로 지은 관잠이 1편이며 타인을 권면하기 위해 지은 작품이 2편이 되므로 그 차이가 크다고 말할 수 없다. 그리고 수양 방법의 제시가 남명학파에 비해 원론적이고 추상적인 측면이 많다.

하지만 19세기 조선 말기에는 동부와 서부 모두 잠의 창작이 활발하며, 이를 통해 자신을 경계하고 타인을 권면하려는 의도가 두드러지게 나타난다. 이는 조선 말기의 시대적 상황이 잠을 창작하려는 동기를 촉발시킨 것으로, 잠이 가지는 문학적 특성이 어려운 역사적 조건 속에서 절실한 도구로 요청되어 활용된 것이라 파악된다.

이 연구는 지리산권 유학자의 잠 창작이 가지는 의미 및 작품에 드러난 내용과 특성을 살펴본 것이다. 이와 같은 탐구의 축적을 통해 궁극적으로 도달하려는 목표는 지리산권 동부와 서부의 유학자 및 학파는 어떤 다양한 특성이 어울려 구성되어 있는지를 정리하는 작업이며, 그 결과에 기반하여 지리산권의 유학 사상을 범주화하여 묶을 수 있는 공통된 특질이 무엇인가를 밝히는 일이라고 말할 수 있다. 그러므로 이 글에서 지리산권 유학자의 잠 작품을 주제로 탐색한 내용은 지리산권의 유학 사상을 해명하기 위한 일련의 진행 과정 가운데 한 부분이다.

지리산권 동부 남명학파의 잠(箴) 작품

曹植

誠箴

閑邪存 修辭立 求精一 由敬入

贈叔安(箴)

虛受人 其中也水 塵或汩之 無主何守誠

河沆

誡酒箴

春流蕩漾　碧草綿芊　惜別江頭　離思黯然　此時不可無酒寫幽悁
明牎淨几　夜寂塵淸　一炷淸香　對越聖賢　此時不可有酒昏醉眠
蓋中　於飮食於動靜　無處不在　節飮食節動靜
所謂中　今當剛制　不用醉蒙蒙

金宇顒

進聖學六箴 幷序

○甲戌正月副修撰時

上御思政殿簾下 侍臣進講訖 上顧臣宇顒曰 學問之道 古人言之盡矣
然須就自身上切實思勉可也 爾其爲我作箴 開陳爲學之要 俾切於予身
予且置諸座隅 以備觀省 臣承命趑趄 撫躬惶悚 而竊感聖意 衷悃自激
愚慮所及 不敢不自盡焉 臣聞古之帝王兢業戒懼 持守一心 固無一時之
或忘 猶以此心之出入無時 危動難安 恐其隱微之頃 或有所怠忽而不自
覺也 其於居處出入之間 有箴儆之訓焉 此盤盂 几杖 刀劍 戶牖所以有
銘也 至於衛武公 使人誦懿戒於其側以自警 而又箴儆于朝 使卿士大夫
恭恪交戒 輿有旅賁之規 寢有褻御之箴 則其所以自檢飭者 愈嚴且密矣
此三代帝王所以德進業修 光輝發越 而後世之所宜法也 今我殿下春秋
之富 聖質之高 勵志典學 緝熙光明 而猶且謙抑小心 不自聖智 其惕若
戒懼 汲汲檢身之意 至於命臣進箴 以自補助 此卽武公箴儆在朝之心也
其所以能聽規諫 以禮自防 而反身省克 實用功力者 宜無所不用其至
而宣著盛大之效 將必有日進而不可量者矣 猗歟盛哉 臣竊惟帝王之學
不在乎章句記問之習 其必有以實體於身而施之於用 然後可以言學 臣
輒不自揆 思補萬一 玆敢紬繹舊聞 反覆探究 而得其所以爲說者有六
夫定志以先之 而不爲因循淺俗之說所前却 講學以廣之 而不使一事一
物之理有未明 敬身 所以存天理 而爲本領之工 克己 所以遏人欲 而爲
力行之要 惟親近君子 可以輔養德性 惟斥遠小人 可以保守本心 此六
者 聖學之最切者也 竊謂爲學之要 無以易此六者 闕一便不成學 謹用

推演其義 釐爲六箴 以爲丹扆之獻焉

定志箴

藐然一身	參天與地	孰主宰是	孰綱維是
心爲天君	志爲之帥	志者伊何	心之所之
是志所向	精神必隨	胡遠不屆	何高不至
所以君子	先定其志	要高毋下	要大毋小
誠心信道	不滯不撓	舜何人哉	文王我師
聖謨洋洋	知不我欺	於焉深省	奮勵警發
一脫流循	千層壁立	堅强不回	純白不染
王道爲心	生靈爲念	黜世俗論	期非常功
三王之盛	要與之同	叔世之規	非所屑意
聖道雖遠	至之由己	發軔之初	匪舒匪忙
行矣長程	戒哉榛荒	高山仰止	景行行止
勉勉循循	必有所至	維此一志	進善之基
修身治國	莫先於斯	精誠所孚	百事可爲
危可使安	亂可使治	金石可開	高山可移
上帝實臨	明神鑑茲	臣拜獻箴	王請勿疑

講學箴

眇然一心　爲萬化本　表端影直　源濁流淴

一心之正　萬方以貞　何以正心　由學而明

講學之法　卽物窮理　維物有則　於我皆備

旣窮而至　行無不利　窮理伊何　玩經觀史

居敬持志　實爲之基　循序致精　是維要規

味聖賢旨　探義理歸　觀古今變　察治亂機

旣博而詳　反身踐實　意誠心正　體用圓活

德明於身　以家以國　帝王之學　此其爲大

舜禹十六　淵源爲最　聖王迭興　心傳神會

制事制心　湯敬慄慄　直內方外　文心翼翼

逮于宣聖　始筆于書　戴氏之編　綱振條舒

旣明且備　開我後世　王懋于學　於此心契

沈潛硏究　妙思獨詣　千載聖心　秋月寒水

姚姒之傳　獨得其旨　旣提其要　乃博其趣

考諸六經　以深以厚　監于歷代　以觀其跡

會之吾心　萬變是極　是學之正　理明心一

聖學失傳　末路多岐　竺敎橫流　管商交馳

俗學之陋　華藻是矜　雜博相高　記誦爲能

割製爲巧　新奇爲喜　於身無得　於事何裨

是學之邪　愈動愈窒　王愼厥與　惟務正學

審此毫釐　毋謬千里　博訪眞儒　求天下士

洽聞高識　以置左右　有道可師　有善可友

廣厦細氈　誦訓前後　講習討論　學乃日益

薰陶接續　德以日熟　久而不已　光明緝熙
聖心融豁　事理無疑　舉而措之　天下無難
大哉正學　彌宇宙間　維皇作極　爲君實艱
負荷之重　奈何不覆　才須勉學　學貴自強
才而不學　是曰墻面　學而不強　罔以進善
王敬以聽　刻勵精明　獻御雖癡　願察微誠

敬身箴

以一心而建萬化之極　以一身而膺天地之托
一思慮之失而千里之繆　由是　一言動之善而萬民之慶在此
嗚乎曷其　何不敬德　敬之維何　敬身爲切
嚴恭寅畏　天命自律　有幽厥室　其臨孔赫
衣冠必正　瞻視必尊　視聽言動　惟禮是遵
昧爽而興　洗濯澡雪　光明厥德　精粹純白
朝以聽政　謙恭凝肅　晝以訪問　從容酬酢
夕以修令　旣愼乃發　夜以安身　收斂歸宿
志氣淸明　義理澄澈　旣貞而元　循環不息
緝凞敬止　德性昭明　如天之運　如日之升
罔雜纖毫　無間晷刻　聲律身度　準平繩直
儼然至正　與天同德　垂衣高拱　貌恭言從
是爲君德　萬事之宗　一有不愼　衆欲是攻
懈意之萌　乃敬之賊　萬端私慾　此焉從出
敬勝則吉　怠勝則滅　其分毫忽　所歸燕越
自古在昔　先王惕若　欽明恭已　慄慄翼翼

一日二日　警戒無虞　維其克敬　德隆化孚
亦越後王　昏迷顛覆　狎侮五常　怠棄典法
維其不敬　乃喪厥良　爲桀爲受　國敗身殃
其機如此　敢不敬之　罔日無覩　神之聽之
罔日無知　天知地知　一時不敬　昏昧縱肆
一念不敬　放僻邪侈　天位維艱　峻命不易
維帝無親　克敬是與　王其疾敬　維敬作所
出入起居　語嘿動靜　念茲在茲　罔有不敬
敬則誠矣　誠則不息　不顯篤恭　厥化神速
王柢厥身　聽此箴規　臣不敢欺　聖訓昭垂

克己箴

湛然本心　有善無疵　惟其有身　是有己私
維欲害理　人心至危　所以君子　克之復之
顧此一心　衆欲侵軼　維口耳目　四體之佚
內姦外宄　爲孟爲賊　況人主心　日有攻奪
聲色之娛　貨財之殖　嗜好盡心　紛華損志
人欲無涯　不遏則熾　克己之功　庸可不力
雷在天上　君子是則　日用工程　四非皆勿
孤軍遇賊　舍死先登　志決焚舟　勇邁破甑
固我之萌　莫我敢承　懲忿摧山　窒欲填壑
遷善改過　風迅雷烈　一劍兩段　如分桐葉
力貴於壯　功則欲密　王懋乃德　孔顔心傳

已必克盡　理乃純全　有一分己　亡一分理
幽暗之中　細微之事　一有不慎　欲乃橫肆
君子克復　無時可忽　微而思慮　顯而施設
內自宮闈　外徹朝廷　不容毫私　洞然光明
天下爲公　八荒在闥　三無是奉　德與天合
精粹純白　盛大光輝　一日克己　天下咸歸
發號施令　群聽不疑　進賢退姦　賞慶刑威
視聽言動　一循天則　儼然恭己　肅乂謀哲
高拱穆清　萬民是式　一己之克　無競維烈
爲仁由己　戶樞可轉　王不敢後　反身實踐
帷幄小臣　誥戒是司　作此箴言　以擬興規

親君子箴

麻中蓬直　莊嶽齊語　是以君子　必慎所與
修身進德　親賢是急　薰習相觀　爲益也速
彼君子人　心存忠直　慈祥愷悌　誠愛惻怛
正色危言　弼違糾愆　神明可通　鼎鑊難遷
進退有義　操守必堅　剛毅可敬　直諒可親
多聞博通　可以諮詢　深識遠猷　足以庇民
習與之處　君德日新　是以明王　敷求哲人
有孝有德　有才有學　以置左右　以親朝夕
十日無寒　居州匪獨　跬步不離　出入承弼
讜言盈耳　善行在目　謹邪僻防　安義理習

久而與化　芝蘭之室　一堂魚水　昭融契合
聚精會神　明明穆穆　溫溫酬酢　切切詢究
政事得失　民情若否　經歷明習　動得理所
聰明日開　德業日著　施之於外　人存政修
舉直錯枉　陟明黜幽　整綱頓紀　興滯補弊
治可運掌　教罔或泥　凡爲人牧　盍親君子
何以親之　正身克己　苟爲未也　惟慾是恣
忠言逆耳　正直是忌　諂諛日進　拒人千里
蔽晦聰明　孤立民上　危國亡家　萬古一樣
自昔蓋臣　陳謨厥辟　於此一事　拳拳諄切
有漢忠武　後主是戒　親賢遠賢　日漢隆替
大儒伊川　進言元祐　親賢日多　德性可就
二臣之言　明白切至　二主不庸　禍敗是致
嗚乎我王　尙鑑前轍　矢辭匪多　古訓之式

遠小人箴

巧言孔壬　維帝其畏　利口覆邦　大聖云殆
易戒勿用　傳言災至　是以君子　必遠邪詖
彼憸人者　其心孔艱　才足動人　辯能飾姦
變亂黑白　簧舌厚顔　謂正人邪　謂義理僻
喻於爲利　遺君後國　肆於爲惡　欺明白日
況此等輩　置身下流　無禮無義　不知恥羞
言不忠信　行則怴慝　習非爲常　行險爲得

諛言孔甘 巧於逢惡 苟爲不遠 必移君志

　聞鄙賤言 見不正事 耳濡目染 潛消黙奪

爲本心害 晦蝕明德 疾惡不深 好善不切

日往月來 鮑臭無聞 如飮醇醪 嗜味忘醲

彼憸人者 可畏可疾 爲國家賊 爲人主蠹

顚倒政刑 濁紊綱紀 喪亂之弘 職競由是

於乎有土 遠此姦蠹 如湯是探 如臭斯惡

遠之伊何 先明諸己 正心修身 達聰廣智

德性堅定 內外凝肅 姦言讒說 莫之撓惑

好惡旣定 取舍不眩 由克灼見 所以能遠

苟爲未也 唯耳目察 彼姦多巧 必自蓋飾

此忠恃直 或見疑斥 愈察愈蔽 畢竟何益

修身取人 古有明訓 王欲行之 盍反其本

維學能明 維明能燭 戒其汶汶 愼是察察

能好能惡 不仁者去 忠賢競勸 聖德是助

寸草指佞 葵心向日 小臣獻箴 以補袞職

進御書存心養性箴 并序

○ 乙亥二月副修撰時

維我殿下躬上聖之資 心精一之旨 蓋自一話一言 未嘗不本於心學 至
於燕閒之暇 游戲翰墨之間 亦未嘗不在乎是焉 一日 出御書存心養性四
大字 下于本館 今諸儒發揮其義 以備觀省之資 煌煌宸翰 照耀書府 如
星斗映彩 圭璧聯光 字字皆心畫也 臣等仰以觀之 伏而思之 有以知聖

人之心　如日中天　卽堯舜孔顏之心也　緝熙光明　唯在殿下加諸意而已
固非臣等所能裨助　亦何待臣等之一言而相發乎　雖然　將順贊揚　固臣等
之職分也　亦安得以無言哉　臣聞人之生也　得五行之秀　稟天地之中　以
爲五常之性　而其盛貯該管　專在此心　卽人之所得乎天而爲我之明德者
也　蓋心者　主宰也　必操存而不舍　然後得其正　性者　天理也　必率循而
不違　然後得其養　存心養性　乃聖學之要領也　然而心本統性　心能盡性
此心之中　實具此性　存其心　乃所以養其性也　存心之道　不過日敬而已
敬者　貫動靜　徹表裏　常爲一心之主　以提萬事之綱者也　敬以存之　則性
得其養而無所害矣　其持敬之方　存心之則　先儒之論盡矣　在聖明潛心而
實體之耳　雖然　必能造其理　而後能履其事　盡心知性　與存養工夫實互
相發也　誠能主敬存心　而又必講學明理以輔之　存之於齊莊靜一之中　窮
之於學問思辨之際　使所知益明而所養益固　則本源之地　天理融明　而其
發也　無非至善　措諸事業　沛然有裕　而天下國家　可運之掌矣　蓋自堯舜
以來　聖王心法　無以易此　臣願殿下從今日一念之發　提起省覺　接續推
明　存之養之　不懈而日進焉　則作聖之方　亶在是矣　天地神祇　寔臨在上
願殿下毋貳毋虞　終始無忘此心焉　臣等以鉛槧小技　章句末學　其於聖學
淵源　未窺一二　誠不足以對揚休命　發明蘊奧　但欲襃廣聖志　贊襄聖德
使聖上爲堯舜之主而已　臣何幸於吾身而親見之哉　謹拜手稽首獻箴曰

　　天道流行　發育萬物　人惟得秀　所稟則實

　　湛然而靜　渾然其眞　貯乎方寸　主乎一身

　　虛靈神妙　廣大無垠　體用混圓　萬善俱足

　　惟此活物　出入不測　天飛淵淪　千里晷刻

　　穆后宸極　御惟徐方　斁明慢紀　爲昏爲狂

　　山木濯濯　孰知嘗美　盍反乎哉　其幾孔邇

　　匪存匪養　孰整其綱　存斯不亡　養則不斁

孰存孰養　孰戕孰亡　屈伸反覆　惟手與臂
存之伊何　操而勿肆　養之伊何　惟順厥事
非存曷養　不操何存　操之有要　在敬一言
整我思慮　肅我容色　視聽必審　言動必飭
上帝降監　儼然以對　惺惺主翁　常在我內
民彝物則　莫不在是　順此以往　芸芸萬類
父子之仁　君臣之義　光明四達　運用咸曁
提省照管　如日斯升　天然本體　粹乎淵澄
是心之存　性斯養焉　一有不存　乃喪其天
存此主宰　天理孔昭　事我天君　天豈在遙
孰爲匪懈　克純乎此　大哉聖學　傳自姚姒
欽明精一　淵源在玆　湯斯日躋　文乃緝熙
武勝怠慾　周又思兼　博約克復　心法斯嚴
顔孟傳心　程朱揭敬　秋月寒水　千載相映
存斯養斯　前後一轍　勉勉我王　聰明睿哲
妙契前聖　若合符節　是存是養　如恐或失
爲姚爲姒　只此一念　提撕接續　整頓收斂
如火始燃　如泉始達　充擴得去　沛然誰遏
八荒非遐　都在我闥　萬事雖衆　皆此中出
惟此本源　常要瑩澈　靠裏着工　可不親切
清明寡欲　玆守之常　窮理精義　日惟以相
既省既克　屋漏無欺　表裏交正　動靜不違
昧爽不顯　清晝爐薰　天眞呈露　思慮未萌
若水無波　如鑑不塵　常存在裏　物無不春
我願聖心　日新又新　食芹而美　敢獻楓宸

河應圖

自警箴

不妄語 入誠之始 毋自欺 居敬之關

敬之誠之 聖賢何難 百體喜從 靜而能安

大道在是 希之則顏

成汝信

學一箴 丙戌

聖賢之訓 布在方册 顔勿曾省 孟養思一
昭然的然 照我心目 凝思齊慮 朝益暮習
明牕畫靜 淨几夜寂 事我天君 主一無適

晚寤箴 丁未

爾年雖高 爾德不邵 爾形雖具 爾貌不肖
靜思厥由 由心未操 操之何以 聖有至敎
博約一語 旨而且要 惕鷄孜孜 惜陰慥慥
無怠無荒 非禮勿蹈 朝聞夕死 吾事已了

惺惺齋箴 并序 ○甲寅

　　翁之第五男曰銳 有氣像有局量 似是遠大之器 而志氣昏惰 居然而倦
朽木不可雕 學宰予 懶惰古無匹 效陶兒 余嘗患之矣 一日告余曰 欲得
紙地 束作一卷 書兒所作詩 觀其成就轉移之機何如 余喜之曰 善 如爾
之求也 如爾之求也 日點其所爲做工夫 極好底事 苟能考進退生熟之節
病者藥之 不及者進之 則他日所就 其可量耶 於是出紙一束 手自粧綴

書其題目曰惺惺齋私蒿 爲惺惺字 實是懶惰者之阿膠 因作箴 俾自省焉
箴曰

　　一身之主　曰惟心矣　一心之主　曰惟敬耳
　　心爲身主　敬爲心主　主而爲主　光生門戶
　　主而失主　茅塞堂宇　守之之法　惺惺是已
　　賓焉祭焉　正冠尊視　放如鷄犬　求而必在
　　昏若沉醉　喚而勿寐　靜須存養　動必省察
　　如鷄伏卵　如猫守穴　必謹必戒　無間食息
　　顧諟孜孜　期免走肉　父作箴告　勉爾式穀

郭再祐

調息箴

虛極靜篤 湛湛澄澄 止念絕慮 杳杳冥冥

水生澆灌 火發熏烝 神氣混合 定裏丹成

曹以天

儆身箴

人於天地	藐此有身	受之於何	父母慈仁
離于屬于	恩斯勤斯	追惟厥生	我若何其
溫恭自做	淑愼爾止	隨時點檢	罔或敢怠
非淵亦臨	不冰亦履	隨處戰兢	罔或敢墜
穹高壤下	如不容直	循軌迹轍	思所以立
爾背爾側	桎梏刀鋸	無僭無貸	匪棘匪徐
一念不存	滅踵截耳	其來莫測	矧及覆嗣
孰是使者	在爾莫非	嗚乎有身	尙思全歸

崔晛

友愛箴

寧海有人兄弟爭訟大鬩 病中書此以示之 其人憾然心動 歸而相責 遂止其訟 始知秉彝之天 有難誣也

爲兄爲弟　分自一體　容貌相類　言語相似

弟在孩提　兄負其弟　弟未執匙　兄哺其弟

出則同行　入則同處　食則同案　寢則同抱

哀則同哭　樂則同笑　及其成人　兄愛弟敬

夫豈強爲　良知素性　有妻有子　各自治生

較短量長　私心遂萌　臧獲讒妬　婦娣反目

怨詈相讐　路人不若　訴官爭財　發奸摘伏

同氣楚越　天倫禽犢　世道至此　可堪痛哭

此令兄弟　其心綽綽　尙義疏財　不藏不宿

兄友弟順　老而益篤　讒搆行言　無間可入

其次忍怒　禁抑鬪詰　彼雖小過　我當自責

不忮不求　何用不睦　同居世九　忍字書百

鄕里稱孝　天子褒節　鬼神陰騭　子孫多福

嗚呼 兄之骨 是父之骨 弟之肉 是母之肉

一氣周流而無間 身雖二而本則一

兄弟和順 則父母悅 兄弟違拂 則先靈慽

四海尙可爲一家 況至親之天屬

古人有言曰 夫婦衣裳也 兄弟手足也

衣裳破時尙可換 手足斷時安可續

彼常棣角弓之詩 使我心兮戚戚

續古人之格言 書短篇而自責

鄭蘊

元朝自警箴 并序

噫　余今年忽五十矣　追思四十九年前處心行己之道　多有可愧於心者
事親　無可觀之行　立朝　有自作之孽　夫子所謂四十五十而無聞焉者　非
余之謂乎　於是惕然反諸心　思所以不負乎天之明命者　而爲之箴以自警
焉　其辭曰

余生之惷　氣拘物汨　儳焉厥躬　如不終日
本旣失矣　何往不窒　事親不誠　事君無義
自侮人侮　牛已馬已　齒之尙少　容或不思
今焉五十　始衰之時　仲尼知命　伯玉知非
余雖下品　亦受天畀　旣已知之　胡不顧諟
顧諟伊何　曰敬而已　衣冠必整　居處必恭
行必篤實　言必信忠　防慾如城　除忿如篲
潛心古訓　對越上帝　未發之前　求其氣象
旣發之後　戒其邪枉　動靜交養　內外夾持
靈臺澄澈　方寸光輝　允若乎茲　是曰人而
以之患難　不失素履　以之安樂　不至驕恣
立脚雖晚　改過爲貴　聖賢亦人　爲之則是
春維歲首　日乃元始　書茲警辭　服之至死

曺珠

八戒箴 幷序

八者 心行言事交戲忿慾也 心不戒 則莫知其向 而無所主 行不戒 則餘無足觀 而無以立 言不戒 則出悖來違 而禍胎深 事不戒 則衆怒羣猜 而誹毀至 交不戒 則入於下流 而僇辱生 戲不戒 則怒輒相加 而怨隙萌 忿不戒 則近於臧穀 而死生係 慾不戒 則陷於不義 而訟獄起必也 存其心 敏其行 謹其言 愼其事 擇其交 察其戲 懲其忿 窒其慾 然後可得以爲人 而終不爲禽獸之歸矣 然則孝悌也 忠信也 修齊也 治平也 凡百這箇工夫 皆莫不心行底做出 則着力用意 戒愼恐懼者 舍心行 何以哉 故以心行爲戒之首 仍嘅然心語口曰 士生兩間 萬善俱備 而戴高履厚 無異醉夢 一心多放 未見要取入身來者 余每以此戒之者 知幾日矣 而一日之行 未免一日之失 一刻之爲 未免一刻之差 黙慮潛思 悚然瞿然 六旬已過 雖未遽子之知非 九十其年 每念武公之抑戒 玆揭八戒而爲箴 永作平生之準的 庶幾夕惕而不怠 畢境無愧乎斯言也

一不愼 尙亡牲 矧不戒而至八 君子以愼其獨戒兮

朴壽春

自警箴

維人之生 夫豈偶然 母兮爲地 父兮爲天
命之受之 稟賦均焉 氣殊淸濁 性同愚賢
付畀旣重 敢不勉旃 五倫爲次 三綱其先
何以守之 曰禮與仁 操則君子 放則小人
尙德尙力 皆由於我 世之人兮 宜其深戒
今余作箴 警以自規 嗚乎小子 曷不念玆

言行箴

言何不謹 福之根也 行何不謹 禍之門也
一言一行 榮辱隨之 樞機之說 孰能知之

文後

敬義箴 并序

余頃年　謁南冥先生廟　深恨未及摳衣　退而求之於遺集　得敬義二字
若承面命　誠心喜之　如渴得㕔　因書敬以直內義以方外八箇字於亭壁　今
白首荏苒　無分寸裨效　始覺才質之不如人　遂發慣爲箴　因叙始末

大易之門　三聖奧旨　切於爲學　二字敬義

天啓大東　降吾南冥　先自佩符　是義是敬

直之方之　內外斯盡　缺

權濤

養心寡欲箴

長苗伊何 必除稂莠 養之伊何 必去蓁蕪
物皆然兮 心爲甚兮 欲心之養 心欲之禁
欲苟不寡 天機必泯 吾黨小子 盍愼旃兮

心者形之君箴

茫茫堪輿 俯仰無形 人於其間 渺然有形
形不自形 以其有君 君不自君 以其操存
存之如何 敬爲之根

自養箴

鬼神伊何 害盈福謙 人道伊何 惡盈好謙
地中有山 可以觀象 君子以之 觀其所養

朴泰茂

晚悔箴

天父地母 賦我群生 人於其間 鍾得清明
日有主宰 稟自厥初 具衆應萬 旣靈而虛
人之爲人 由有是心 苟失其養 乃獸乃禽
或存或亡 舜跖斯分 爲利爲善 是其畦畛
咨余顓蒙 早汨紛華 一片丹田 衆慝交加
不有精一 孰保危微 日牿月喪 存者幾希
受斤之木 昔非不美 已放之豚 今難馴致
歲月荏苒 居然六旬 無望殘年 去舊卽新
於乎已矣 是誰之愆 書諸座隅 以寓感焉

大學箴

吾讀書 自以爲刻苦用力 而於大學尤尊信之如古人 從李龜巖先生中
庸詠故事 逐條箴之 以自警而自勉 凡十五章 章十二句 一章章二十句
學貴循序 階級皦然 卽書而求 孰爲當先
曾氏有傳 初學常經 入德之門 取道之逕
規摹廣大 節目詳明 俛焉盡力 永觀厥成

右言大學

日有明德　得於天賦　炯然不昧　衆理咸具
有時氣欲　蔽厥靈虛　非有明之　難復其初
明以維何　因其所發　繼續充廣　無時斷絕

右言明明德

明德之理　非我得私　推我所明　以及人斯
見人蔽塞　能不惻然　彼昏不知　不能自遷
非有新之　曷革舊污　民吾同胞　遵則感悟

右言新民

明德新民　極盡日至　至善地頭　不遷日止
事理當然　旣得其極　不止則過　舍此何適
止於當止　純理無欲　視彼先哲　緝熙呾赫

右言止至善

知而行之　後有八條　蓋此三者　卽其大要
如衣有領　如綱有綱　綱擧領絜　裘順目張
全體大用　根本於斯　熟讀詳味　自當見之

右總言三綱領

有物有則　則所謂理　互細精粗　本末表裏
同出一原　散在萬殊　格而窮之　最初功夫
心卽是物　物與心通　見得眞實　庶無懸空

右言格物

心外無理　理外無物　物理與心　感應透徹
推我已知　益窮其源　如泉始達　如火始燃
四方八面　千頭萬緒　自然呈露　無不盡處

右言致知

不誠無物　必然之理　所以修正　由誠意始
外銀內鐵　而我自欺　善惡之幾　必愼獨知
如惡惡臭　如好好色　心廣體胖　浩然自慊

右言誠意

心兮虛靜　在吾腔子　體豈不正　正其用爾
恐忿憂樂　苟未體察　欲動情勝　發不中節
中虛有主　羣妄退聽　常常涵養　直之以敬

右言正心

天下有本　身之謂也　未有本亂　而末治者
惟人之患　癖於所好　愛則偏愛　惡則偏惡
欲求自家　當然之則　須如飮食　只救饑渴

右言修身

學而修己　將以敎民　敎以維何　先自家人
家而仁讓　國人衿式　家而孝悌　國人振作
所以君子　不出而敎　由近及遠　必然之效

右言齊家

明德之明 自身而家 近者觀感 以及於遐
水必就下 民必歸仁 時雨和風 與物皆春
孰非孝悌 孰非其慈 非我有意 自然而爲

右言治國

大哉吾道 塞乎天地 豈徒施用 一國而已
絜矩臨下 老老長長 應如桴鼓 捿如影響
所操者約 其及也廣 四方均正 平平蕩蕩

右言平天下

凡此八節 爲條爲目 由近而遠 自微而博
是乃三綱 極其推演 孰非明德 孰非至善
儼有次序 間不容髮 夫子之訓 而曾子述

右總言八條目

古者敎人 明法煌煌 非有伊翁 孰能表章
卓彼考亭 繼而發揮 證訛補闕 闡奧剖微
倫理接續 血脉貫通 以詔來後 衆瞽得聰
惟道浩浩 恐無下手 明善誠身 又揭篇後
於乎盛矣 夫子之休 明先聖道 爲後學憂

右言程朱大功

座隅箴

余於座隅　手題思無邪毋欺愼獨無不敬十字　雖犯朱夫子標榜之戒　爲常目規戒　日乾夕惕　則未必其無益　遂箴以自警

人生而靜　天之性也　感於物而動　性之欲也

旣有欲矣　則不能無思　思或邪焉　則而失其正

妄想惡念　乍萌動於方寸　奸聲亂色　輒相應於視聽

殆將以心而役形　盍亦端本而淸源

詩人所以設禁止之辭　而吾夫子一言蔽曰　可以當三百篇之旨者　蓋以是焉

右思無邪

外面銀裏面鐵　不是表裏純銀

九分義　一分私　終非十分是義

人雖謂之不欺　吾不信也

好善如寒思衣而饑思食　惡惡如棄鳥喙而避水火

人雖謂之不誠　吾不信也

右毋欺

將善將惡　善惡之幾　幾在吾心　至隱至微

苟不謹於己所獨知　安得免爲人所共知

恐懼乎其所不聞　戒愼乎其所不睹　子思子豈欺我乎

右愼獨

坐則坐而敬　立則立而敬

一動一靜　一語一黙　何往非敬　何時不敬

表裏同敬　終始以敬　吾將佩戴氏三字之符

敬於朝 敬於夕 而生於敬 死於敬

右毋不敬

枕箴

夙興夜寐 必於斯 晝爲宵得 亦於斯
毋日不顯 屋漏臨余 謂余不然 視彼兩角之大書 (指誠敬二字)

書室箴

書室 病夫西溪別庄 齋日存誠養拙 室日居敬知命 又扁於左 而日省
三日新 右而日主一時習 密庵公所命名也 東壁而日光霽軒 西壁而日天
淵軒 息山公所手題也 堂下有小塘 塘之南有石門 而計安窩尹公又命之
日天雲塘明德門 皆古君子愛人以德之義也 遂爲箴以自警

誠者天也 誠之者人 人而不誠 僞而非眞
君子存之 以勯不及 反求諸己 擇善固執

右存誠

而默而逸 而德之吉 何以得此 所養者拙
風清弊絕 非敢望也 安身寡過 自足於我

右養拙

一心危微 非敬則喪 萬事接應 非敬則蕩
念玆在玆 釋玆在玆 把作居所 終始於斯

右居敬

胡然而失　胡然而得　孰使之禍　孰使之福
有命自天　非我敢私　而誰先覺　猗歟宣尼

右知命

有而若無　實而若虛　豈其從事　獨顏淵歟
戰兢自省　日三于身　曾子尚然　況我凡人

右省三

明德之明　氣欲交弊　如鏡塵埋　如日雲翳
滌而新之　日日工程　謂我不信　視彼盤銘

右日新

莫知其向　日惟心爾　操之有要　主一而已
弗貳以二　弗參以三　紫陽之訓　即我指南

右主一

入孝出悌　餘力而學　學而不習　何由造極
如鳥數飛　無時或渝　非我言耄　惟聖之謨

右時習

物欲淨盡　天理昭融　霽月光風　灑落胸中
誰其得之　卓彼濂翁　然後男兒　始謂豪雄

右光霽

鳶飛戾天 魚躍于淵 仰觀俯察 孰使之然
自是吾道 全體活潑 勿助勿長 與子成說

右天淵

纔有天光 便有雲影 半畝中開 徘徊交映
惟有源頭 活水淸淸 依舊方塘 一鑑虛明

右天雲

得於天賦 是所謂德 非有明之 或昏而塞
翼翼尹公 貽戒於余 入吾門者 視此大書

右明德

自警箴 二首

年高德邵 君子所以日彊 年進業退 小人所以日偸
勇往力前 遵道而行 精疲力倦 半塗而休
汝泰茂乎 安敢乃爾
聖人之訓曰 俛焉孜孜 斃而後已
老則耄 耄則荒 老而耄 戒爾荒

朴致馥

讀書箴

爲鄭龍基作

出自椰子裏 若波滾沙谷簸霧者

爾心兀然坐丌頭槁木而已 爾身在太行之巓歟 灩澦之潯歟

愼莫聽鼫生說 引爾誘爾 傍磎曲徑

去歲聿云 暮不知尋 庸此爲屋漏誡 朝觀暮省 嚴似頂門針

爾果克勤克惕 無媿座右之言 於皇上帝穆穆臨

金麟燮

至樂箴

讀朱夫子至樂齋銘 依其韻 作此 示舍弟智夫
氣鬱而病 何以發舒 須信晦翁 讀書得甦
如喫茶飯 久乃知味 患在不學 不學不至
無處不勉 無時不然 玩味之極 豈願羊羶
少有疑難 且以問知 由學至庸 自易及詩
次第以讀 必體于心 惟恐廢墜 履薄臨深

愼獨箴

明命赫然 上帝是臨 晷刻或放 乃獸乃禽
其端甚微 其幾甚危 潛滋暗長 遂與道離
所以君子 常存戒懼 無時不然 無物不具
於此尤嚴 必愼其獨 如對父師 若隕淵谷
爲聖爲賢 亶其在茲 箴揭座右 常目在之

冬至箴

天有顯道 厥類惟彰 陰陽淑慝 是爲大防
陽爲君子 陰爲小人 君子小人 各以類臻

君子進用 而邦其昌 小人進用 乃底滅亡
古今鑑戒 歷歷昭然 凡我嗣後 胡不監前
時值閉關 寒威閉野 陰極于上 陽反於下
亂極而治 否終則泰 萬物其通 群生咸賴
明明太陽 照臨震方 彤墀春深 黃道晷長
期余小子 陽德日亨 无底于悔 以畢吾生

山居四箴 <small>庚子至日</small>

立大

山林日長 一陽來復 雲物增妍 草木生色
入夜虛明 萬慮靜寂 先立其大 瞭然默識

愼微

莫見乎隱 莫顯乎微 潛滋暗長 去道日非
君子存省 戒懼謹獨 獨寐寤言 永矢不告

日新

日新之義 我可測度 始終惟一 動靜靡忒
或省舊愆 或紬新得 循序有進 不徐不亟

實得

學貴誠篤 毋或間斷 誠僞之分 於斯乃判

晷刻有放 畢竟無得 得之於心 是之謂德

崔琡民

反求箴 贈再從姪濟諄

人富以飽　而我則飢　揚揚生貴　獨賤而卑
無爵無田　顧吾曷存　所存者心　天賦孔均
仁義禮智　忠信廉恥　人之爲人　非彼而此
衣可弊也　此身可毀　食可去也　此心可餒
曰聖曰賢　謂保此心　此心不保　是獸是禽
然惟此心　易放難求　澆浴所激　錐刀是搜
毫釐或差　千里難權　我私一蔽　滿腔怨尤
罟擭當前　瞠目不見　忿慾方煽　閃爍如電
哀哉危哉　何所不臻　可怕可畏　謂是何人
孟訓炳丹　於己反求　反求在我　而非人由
仲由之縕　我寒斯燠　伯夷之薇　我飢可饒
惟德不建　無亦已泰　我之不力　天豈我害
我思古人　非力不食　坐桑談務　磨鏡下榻
捆織之餘　犁鋤之隙　架抽殘裘　父兄手澤
縱蠹縱塵　聖賢實臨　何必貪多　一言亦甘
雨晝月夕　坐吟臥念　可以忘飢　或進有漸
人憂不堪　我獨怡然　世謂我拙　我坦我寬
夭壽惟俟　窮通奚恤　毋效人逸　寔命不徹

宋秉鐸書室箴

小學樣子　大學程曆　語孟精微　中庸會極

字究句研　沈潛反復　零零星星　銖累寸積

切己體察　是謂窮格　知之旣眞　行之必力

成始成終　惟敬是篤　眞實刻苦　久而有得

畏天箴　贈鄭瀚

富貴易得　名節難保　不畏于人　天豈不畏

洪水滔滔　鬼敎虎倀　眼前尤物　足底坑阱

立身一敗　萬事瓦裂　醉生夢死　先德所咄

寧爲人飢　忍爲豕飽　寧爲華賤　忍爲夷貴

顧玆所性　不貲吾身　聖人之徒　先王之民

鄭載圭

書室箴 爲梁在慶作

我心所同　聖人先得　得之於天　印之方册

讀而反求　罔非吾事　以書視書　書歸虛器

認得爲己　自能親切　日爲必爲　日勿必勿

欲爲欲勿　苟或未能　寧不憤悱　盡力殫誠

誠力所到　金石亦透　矧玆理義　端緒可究

毋曰爾昏　每警乃心　書是心印　聖師如臨

於赫明命　陟降汝監　日征月邁　敢有不欽

郭鍾錫

經筵箴 癸卯

帝王有學 萬化之基 姚姒心法 周公訓辭

綱常禮義 政刑威儀 體會躬行 家齊國治

是講是究 陶鑄雍熙 役藝事末 揮戈業卑

不有實諦 疇克信玆 聖后御宇 惟日孳孳

延儒稽古 搜微決疑 理欲之分 敬怠其幾

深認精察 擴遏操持 於緝乾乾 發之施爲

誠民祈命 夫豈予欺 德流郵速 遐邇咸歸

同文與倫 作天下師 臣拜稽首 規于丹墀

書筵箴

於乎 寧一日不食 而不可一日不讀書

雖蒼黃顚沛 而不可頃刻不接賢士

孝親忠君之資於是 仁民愛物之推於是 宗社無疆天下悅服之基於是

於乎 不邇聲色 不殖貨利 不溺于宴安 不惑于便嬖

惟孳孳于爲善 居敬以集義 震驚而不喪匕鬯 离明而作兩照四

何莫非稽古親賢之致 臣拜作箴 告于有位

繹古齋箴 己巳

人有恒言　必日學所　學之維何　詩書有序
匪要學言　匪要學字　學之源委　在理與事
然猶爲病　易泛易忽　纔一經來　謂功無闕
飛禽過瞥　孰辨其微　苟不體驗　存者幾希
君子克敬　治己如絲　推終反始　繹之繹之
潛心整跽　兀閣在前　對越上帝　與聖維賢
抽端尋緒　達精極深　反覆上下　矻矻不任
一事一行　匪古人迹　卽以吾身　親履其域
優遊以反　掩卷而思　一有不合　以理求宜
既見其可　操以存存　既存乃省　愈久愈敦
遇事當發　用心精詳　審我所蹈　切近的當
然後行之　猶恐不快　追以摩挲　一念靡懈
肆古賢聖　纔失便知　不遠而復　人皆仰斯
篤實輝光　乃日采采　繹之繹之　反是則餒
夫何一種　乃甘自戕　自初受讀　惟利是將
數墨行觚　掇英遺實　自擬名下　能文與筆
用以諛人　賂不勝算　用以訕人　無所忌憚
積習成性　是飯是茶　及見君子　巧行掩遮
莫云冥冥　可畏如電　眸子焉廋　肺肝如見
維皇降衷　本無二貳　彼何人斯　此心不類
夜靜物寂　于以俯仰　摒擋身爲　泚然其顙
此端一發　舊惡何憂　以誓以詔　改面換頭
遵道而行　孰敢相遏　及乎其至　一家一闥

苟不思繹　曷能逮玆　匪我云得　聊日當爲
四友同志　揭近靈臺　嗟嗟吾黨　尙監玆哉
悅而不繹　玆徒爾爾　繹之繹之　乃成君子

鷄鳴箴 庚午

鷄鳴而起　整我冠裳　心竅朗啓　晨氣淸凉
于時發見　尠不斯臧　繩頭以凝　我護我將
火然泉達　不息其功　竹牖東闢　出日曈曈
光明晃耀　上當天中　嚮晦淵默　腴眞葆聰
令終由始　關楗岌岌　端本洪源　神氣舒翕
微乎微乎　無間不入　推以彌實　一理融及
夫厥孶孶　孰非無斁　一念之差　乃舜乃蹠
毫不容間　盍愼其適　凡今之人　鷄鳴匪昔

丈夫箴 庚午

厥初太極　溟涬無始　二五絪縕　日惟生爾
凡生之類　孰匪同胞　惟人最秀　天道孔昭
坤生用事　尰夢斯頻　而我幸甚　大丈夫人
明命在躬　五性實有　參三爲一　可大可久
夫何自迷　而莫之養　蔓艸靈臺　鷄犬斯放
言念厥初　能有存否　以豪杰姿　自甘髯婦
謂言聖哲　其神其天　何可當也　畏不敢前

莫日可畏　匪別樣人　形軀靡忒　性道攸均
堯丈夫也　舜丈夫也　曰禹湯文　丈夫人者
猗歟周公　豈不丈夫　顏曾思孟　丈夫同途
維彼丈夫　周程朱子　豈我相殊　大丈夫耳
爲之卽是　畏其謂何　維丈夫者　彼耶我耶

剛德箴　丙子

一大曰天　惟剛厥德　渾然行健　終古不息
坤惟動剛　視天爲則　元亨利貞　播育靡忒
繼善成性　人爲物秀　仁體義用　秉牢積富
箕陳克潛　舜戒敎冑　集義生氣　貫塞宇宙
毅以自奮　確以立定　莊以矜持　敬以喚醒
勤以起惰　方以制行　勇以前往　強以久亘
公以體道　直以制慾　明以普照　嚴以愼獨
簡以省事　廉以遠辱　泰以處心　果以決曲
其高莫越　其大難周　其堅孰奪　其正何偸
其貞似石　其烈如秋　其威可畏　其業鮮儔
依阿虮骸　彼哉一種　脂媚韋軟　跟撓脊佝
成僧做道　兩不適用　樂厥批退　自手斷送
矯矯亢亢　亦云何物　勦舍互推　賁育交扤
瞋目扼腕　讘燄勃爛　投利如鶩　不覺其屈
君子克念　學以求篤　源泉日馻　進進相續
實新輝光　是曰大畜　我述此戒　朝暮以告

活齋箴 丁亥

朴毅堂之自北而設敎于南也　淵州秀金君善培汝執　挾笈而從　折節而請學焉　毅堂旣不倦於是　且望之厚　命其居曰活齋　汝執君受以吿諸苞山人郭鍾錫　俾爲之箴　曰

蓋嘗自夫所謂氣者而觀之　成而壞起而滅　終必滯于一局　自我所謂理者而觀之　渾然常存　無所往而不融通洒落　物生而不窮　水流而不息　風霆之所鼓潤　鳶魚之所飛躍　鬼神之所屈伸　四時晝夜之所運行而不忒　凡有云云　莫不會歸于爾極　是將一顯微徹上下貫終始通有無　洋洋乎周流充滿　無間可容隙　惟人生得之以爲心　肆能包括萬有　靈妙而不測　大而天地庶物　小而三千三百　由洒掃而達性命　推一己而御家國　其所以酬酢萬變　彌綸造化者　莫不玲瓏圓滑　串穿于一絡　然氣機之乘載　常紛綸而交錯　夾理騰倒　作我孟賊　動而輒奔猿猈馬　靜而或寒灰枯木　旣不在我腔子　便是游魂假魄　一指之痿　尙求其治　一臂之瘓　必審其藥　矧爾一身之主宰　寧溘死而不悔惕　君子有劑　曰敬而直　內焉而戒愼恐懼　外焉而整齊嚴肅　涵養於本原之地　一眞常全　省察於幾微之際　衆邪咸服　勿謂姑捨於造次　勿謂何害於幽獨　洞洞乎其大賓大祭　慄慄乎其上帝神目　由是而實踐力行　由是而精思博學　始若安排制縛　恒患其不快　久乃曰履安地　自底於純熟　耳目依舊是聰明　四體不煩於覊束　主翁常惺而不寐　天君垂拱而穆穆　是庸龍見于尸居　雷聲于淵默　浩氣充塞乎兩間　生意流通乎八域　仁爲體神爲用　堯吾道舜吾德　心卽理理卽心　潑潑地無今昔　彼主氣者生猶死　罔之幸免余竊怮

五箴 竝序○癸巳

余今年忽忽已四十八矣 聰明不及於曩時 道德日負於初心者 韓文公
已先獲之矣 俯仰感慨 倣而作五箴 勉哉汝鍾錫乎

好惡箴

耳目之好勿徇 口體之惡必察
一念之惡 卽隕軀喪家 一念之好 卽做蹠作桀
好人之善是爲好己之善 惡己之惡急於惡人之惡
惡之如痒者之必爬 好之如飢者之必食
宜辨之蚤 宜擴之實

思慮箴

天下之故 咸生於思 災祥凶吉 所差毫釐
閒憂浮欲 莫日其微 波沙谷霧 一潰弗支
穆然神凝 宇宙淸夷

守身箴

跬步不戒失爾身 片言不審失爾身 簞食豆羹失爾身 錙銖涓滴失爾身
身之且失 所守奚存 兢然其不離乎方寸 漠然其無慕乎時辰
懇乎其爲父母守子 確乎其爲天地守人

處困箴

毒在宴安 吊倚福慶

衆侮之譏罵陵轢 所以飭汝之言動

外患之震撞築礔 所以堅汝之德性

貧欲汝之昭儉而振淸 病欲汝之攝生而養命

萬馬紛衝 獨脚駐定 志帥增氣 慧竅日醒

講學箴

勿溙溙於六合 勿邁邁於身家 勿諓諓於言辭 勿規規於箋註

勿以平易而乍嚌 勿以滯難而自錮 勿以異己而便置 勿以同己而遽與

本之涵養 理莫不著

除夕箴　丁酉

一萬八千 七百二旬 爾生得日 亦旣陳陳

日其一知 亦幾知天 日其一行 亦幾安仁

爾怠弗念 動罔或吉 逝年不須 幾何其耋

嚮晦潛惟 惕焉慄慄 除舊圖新 自今惟一

元朝箴　戊戌

鷄初鳴戊戌歲 五十三生于世 如無生玩而惕

竦爾肩攝爾袂 日曈曨震出帝 一監茲無泄泄 新長長日有詣

立春箴 庚子

歲庚子臘月十六日立春夜 夢得二句 曰終則有始 春生於冬 及寤而足
之爲箴 曰

終則有始 春生於冬 寂而能感 用具體中 敬而無失 循環不窮 瞑目凝
然 生意融融

實齋箴 辛丑

權君子皦之室曰實齋 友人苞山郭鍾錫敢爲之箴 曰

天維降衷 厥理一實 人維萬靈 厥稟最實

仁義禮智 性全其實 耳目四肢 體囿不實

性該萬善 其情則實 體必有則 其職之實

盡其實者 爲人之實 其實不盡 人之非實

子不于孝 非子之實 弟不于悌 非弟之實

實父實兄 我以不實 耳聰目明 否則失實

手恭足重 不然無實 實有是形 我反不實

思之汗悸 曷不圖實 惟實有要 一此心實

有情有職 念念必實 莫容些僞 以敗其實

屋漏幽隱 兢懼有實 應酬云爲 忠信之實

實心實學 行實言實 彼貌而假 心之不實

外名于人 禽獸其實 維念孜孜 以一于實

幽顯罔間 表裡俱實 俯仰無怍 人之方實 敬哉誠哉 夙夜惟實

立箴 丁未

族子昌燮和顯天姿溫柔文雅 志學親仁 樂善常若不及 猶歉然不自滿
也 嘗從余求一言以自飭 余謂吾人之恒悠悠無成者 坐不能自立也 不立
而欲有進可得乎 爲之箴以勉之 曰

維人之生 直立兩間 匪寢匪尸 寧或頹顚
敬以立心 義以立命 公以立德 勤以立行
維欲與怠 乃立之賊 造次克念 罔敢不飭
久乃堅植 不撓不屈 卓爾在中 上下串徹
身以道立 己立立人 勖哉昂昂 視爾脚跟

廿以箴 戊申

李金吾明賚 余同庚友也 平生樂善好義 如恐不及 晚而隱居於汶水之
東涯 杜門觀書 飭躬敎子侄 以爲政於家而不求之外也 有素屛十疊 要
余題其面 以資麗澤之益 余不能辭 謹綴廿以字寫去 毋以我不逮而忽棄
之 則他山之石 可以攻玉 其辭曰

孝以盡道 誠以立德 公以宅心 恬以節欲
嚴以治己 恕以及物 寬以容衆 明以擇術
簡以省事 勤以修業 謹以履常 毅以守執
虛以集善 勇以改慝 禮以制安 義以審得
默以寡怨 恭以遠辱 和以理生 儉以養福

洗昏齋箴 并引 ○庚戌

金君相惇爲齋於黃梅之壑　居諸子修業　扁日洗昏　取古人梅花詩語也
豈直梅然哉　其意蓋有在也　請余爲箴　箴日

有山樛鬱　岩洞黝黝　行迷坐惛　我思窈枓
一朵天挺　粲其寒玉　有如種陰　瑞龍啣燭
氛消嵐化　復我虛明　我爰薆軸　如寐而醒
莫往非山　九有沈黑　魑犉鬼譚　載顚載溺
誰其指南　聖言如日　昭揭終古　不蝕不昳
我庸對越　天心煌煌　祓濯詖邪　洞然八荒
亦粵方寸　氣拘物蔽　膠膠冥冥　乃麛乃猘
然此本明　未嘗息滅　其端微微　時劈而出
我其珍此　保養充廣　雲捲席撤　天輝晶朗
孰謂爾昏　一洗愈光　我扁我築　勖爾諸郎

靜窩箴 甲寅

永嘉權君子愼之所日夕起處出入應接營爲　舉集於斗室之中　而不勝其
紛綸也　扁之日靜窩　屬余爲箴

人生而靜　渾然一善　孰撓而蹻　奚簧與戕
惟其有動　廼萬其舛　喜懼迭形　忿慾交喘
得喪險夷　來連往蹇　孰能槁木　而不舒卷
君子於斯　制之有典　方其靜時　如孩未孩
如泉斯蓄　如關之鍵　凝然穆然　神識玼玼

湛然而活	肅然若勉	及其動也	定理之顯
思無邪馳	行必義踐	足重手恭	氣舒志展
若后御極	高拱端冕	役使群物	不搖不轉
是謂能靜	動不我塡	其則不失	動靜一件
主宰惟敬	曷弛少選	然猶冥埴	不顚者鮮
盍致其知	博學明辨	人倫之彝	天地之撰
事物之宜	情僞醜變	由粗達精	酌深剩淺
森森經曲	毫析釐剸	不疑不惑	孰欺瓊碫
事至物來	如目斯睍	坦然順應	奚懾奚悁
天君愈卓	浩然仰俔	是曰知敬	交滋互闡
我愛權君	如璧不瑑	惟動是懲	揭靜自勔
我虞其偏	卽而推衍	爰諏墨卿	章之于扁

朴景禧屛箴 甲寅

朴彌甥憙鍾景禧 有屛二六疊 要余爲箴語 屛焉而不倩飾於山水卉石翎毛之工 而必求之枯朽垂死之唾沫 其意抑有在歟 義不敢孤 聊綴蕪俚 庶資其顧省之萬一云 蒼虎漢案 茶壑病夫

肅肅冠襟	恒爾居位	念爾所生	愼爾所事
言而思玷	動而思躓	謀人思忠	遇物思義
善小而集	雲祥日瑞	惡微而萌	神嗔鬼恚
萬車逐逐	我攬我轡	千旗靡靡	我樹我幟
怨惟報直	恭不貌僞	毋徇于名	毋近于利
卑以自將	衆德之地	祝爾無疆	載錫爾類

河謙鎭

自省四箴

涓涓之積 斯爲海 昭昭之積 斯爲天

積則久 久則專 專則如自然 自然而然 性斯立焉

聖人 人倫之至 學之則豈有不至

其未至也 求爲可至 其旣至也 其心常若未至

爾毋望其自至 爾毋未至而謂至

乃有聞於斯道 不至誠以語人 是與不聞道者何異

天必惡乃心之不仁 降咎于乃身

六經 日月也 不可汚也 如知其不汚 何不使其道益明於昏衢也

嗚呼 世有任是責者乎 無也 人患無志 無患力之不敷也

題李一海壁貼四箴 壬戌

一海 吾少友安陵李敬叔子也 以才行聞 敬叔手書正心養氣立志擴量

八字 與之一海 奉持而貼于壁 爲常目焉 請余敷衍其義而爲箴 其辭 曰

傳有之 修其身 先正其心 心有不正 欲動情淫 自棄其身 下流之沈

爾其鑑此 罔有不畏 常若上帝之有臨

右正心

浩然吾氣　道義是配　養之斯何　惟直無回　斂方寸中　塞天地內
曾參大勇　聞夫子誨　孟氏發揮　一此不晦　毋曰古之人吾不敢逮

右養氣

金石雖堅　陽發則尙可透　聖道雖遠　志立則不難究
天畀爾才　膂力方富　勖哉有立　庭訓是守

右立志

量欲大擴之則侔天地　天地以何道而大乎　公而已矣
公則明　明則溥　溥則無一物之或遺
君子法天　不用智以狹　不自私以累

右擴量

惺軒箴

爲安衡允作　○癸酉
心主一身　敬爲心主　是學之要　而德之聚
持敬伊始　于何從入　惟古瑞僧　喚主自答
上蔡惺惺　亦用此法　惺則不昧　不昧則一
一故不貳　體用俱徹　安君之居　軒以惺名
吾友國重　實是作銘　我演其義　爲箴加勖
勖哉安君　無聽隔壁　常如上蔡　諄諄臨席

養浩齋箴 甲戌

崔君大汝 署其讀書之齋曰養浩 余爲演之而作箴

氣之曰浩然 何也 其大可以塞天地也 其養在於有所事也

其說本之曾子所聞之大勇 而其發揮以示人 自孟子始也

可謂建天地質鬼神而百世可俟也 無此則柔而不立 如倒東顚西之爲扶
醉也

無此則畫而不力 向道而行 中道而廢 終不能以有至也

養吾養也 氣吾氣也 大汝 宜知所以自勉於是也

贈李璟夫三箴 丙子

璟夫聰敏 有志於學 嘗問治心行己處事之要 余嘉其意 作三箴 以勖之

君子亦有憂乎 人有衣食不若人 則知憂之 心不若人 則不知憂

君子不憂其不當憂 而憂所當憂 是憂 其諸異乎人之憂也

君子亦有求乎 人有鷄犬放 則知求之 有放心而不知求

君子知其放而求之 無有不得 是求 其諸異乎人之求也

右治心

聖人亦人 吾之不爲聖人恥也 聖人可學而至歟 日在我而已

經曰言忠信行篤敬 不敢慢於人 不敢惡於人

只此數事 初豈玄妙難行哉 不思耳矣

右行己

孰不爲事 事親從兄者 事之本 本旣立矣

自邇而遠 自卑而高 焉往不順 不則終身役役 無益而有損

況又奴顔婢膝 以求建立乎事功 而不知反 雖少有得是 與狗彘何辨

題仲涉屛八箴 己卯

爾於天地物中一 爾飢飽好惡 爾無獨異

胡然而人 胡然而貴 爾宜自覺

念終于始 始之不念 曷云有終

仲尼何修 爲萬世宗 其初志學 馴至心從

人患無志 志立天通 一蹴千里 元無是理

不已其行 何遠不至 聖人亦人 爲之則是

無爾自安 無爾自棄 厥初生人 天與聰明

六德五常 三事九經 其理在我 皆所當行

旣得而有 誰有吾爭 人有此心 是名天君

百體之主 萬化之根 晷刻或放 千里其奔

求之有要 日操而存 修身以道 修道以仁

仁統四德 如天有元 溫乎春融 藹乎醴醇

爲仁由己 豈由于人 淸晨靜几 圖書左右

念昔古人 其人骨朽 其言在簡 如親受授

曷不敬恭 稽首拜手 洪流浩浩 聖伏神逝

蟹文爲通 鴂音爲慧 君子於斯 矢心益勵

存我天衷 質于上帝

姜子孟墨帖箴 甲申

周官六藝 書居第五 字體變化 具見神造 純公如何 謂無知道
維射與御 所執雖卑 射以審中 御以範馳
況此心畫 心正筆正 卽此是學 曷不用敬
及其久熟 理妙俱臻 姸則爲惑 勁乃通神
余不解書 如瞽論視 所聞則然 勖哉姜子

權載奎

主敬箴

從弟子德　請余一言　爲作此箴　要與相勖
恭惟此心　天之太極　成之在我　操而後得
操之有道　敬是樞紐　凜然收斂　竦然持守
嚴肅便一　涪翁所受　最懼間斷　亦豈忙迫
日累月積　久乃得力　顧念吾儕　全失涵養
主宰不立　動止放蕩　日月逝矣　惡乎不返
許多工夫　敬爲其本　有基方築　根厚花榮
書堂淸夜　相戒丁寧

田璣鎮

善幾箴

往古來今	兩儀至公	人兮我兮	稟受厥中
胡此之故	聖凡有分	情波慾浪	妄生妖氛
性之者聖	克變則賢	將此身心	敢委塡埏
循序企及	爲學單方	聖門所貴	黜陰扶陽
是非邪正	一念之微	欲發尚隱	相是謂幾
明者能知	如分漢賦	舍徑由坦	觸物無惑
可懼非斯	猛省若痛	傳美謹獨	書戒冒貢
聖恐或失	況我後生	知幾正難	見在必誠
善于收斂	自亂威儀	苟厭飭躬	爲桀昌披
罔念克念	昔垂大訓	有疑乎心	不恥下問
公議自在	莫私于己	見幾決疑	無所僭儗
一跬之差	脚下起刃	願言小子	去凶卽順
邦之文明	麟鳳自至	邦之剪削	狐鼯呈智
出處隨時	哲人明見	精透至微	酬酢萬變
炳幾儼容	內外交養	以是臨民	民則畏象
我箴善幾	欲效先民	推誠懇到	與物皆春
萬理照然	奉我靈臺	愼爾攸攝	無敢自猜

지리산권 서부 호남 유학자의 잠(箴) 작품

蘇沿

視民如傷箴 宰尼城時

乾坤一理　物吾同胞　那間克中　毋韋毋膠

一命之士　苟存心何　濟人愛物　爲政之和

誠意以動　恒若傷哉　惻隱其仁　奚啻吏才

溯本沿末　莫非此心　聖恩罔極　幸是宰臨

謨拙幹旋　治昧寬猛　爲此之懼　書座右警

淸愼勤箴

做官有符　日淸日愼　勤且隨之　績可益晉

一人無此　孰能爲公　三事到極　百行無窮

伊昔君子　胡不是焉　念玆在玆　永勿隳旃

柳崇祖

大學箴

通政大夫 成均館大司成 [臣]柳[崇祖] 誠惶誠恐 頓首頓首 [臣]所撰 到大學三綱八目箴 繕寫成冊 粧績投進 取進止 伏以窮神知化 聖賢之學問精功 修己治人 帝王之傳授心法 肆瀝卑抱 庸瀆高聰 竊觀 古大學 規模條理 極其詳 由體達用 君天下 律令格例 該而備 沿流求源 首明德新民至善之綱 繼知止有定能得之效 平治家齊之務 本乎修身 誠正知至之原 在於格物 要領宏大 而節目纖密 文理接續 而血脈貫通 河南程先生 表章於戴記 紫陽朱夫子 註解於淳熙 奧旨微辭 絲分縷析 西山推衍其義 丘公補輯其遺 [臣]早嘗服膺 晚竊知趣 謂性理源委 誠萬世教人之著龜 知事物後先 實百辟臨民之軌範 曩叨講讀啓沃之列 嘗進格致誠正之論 每念聖聰之明 必資經術之助 物格則魑魅莫遁於禹鼎 鑑明則共驩難容於虞朝 冀一人之衷 昭揭白日 於萬物之理 洞析秋毫 不量菲薄之才 思效著述以進身 或在千里之遠誠 常懸九重之深濫 蒙鳶魚之陶甄 因與菁莪 而探討懷 懇懇報上之悃 寤寐不忘 君恒兀兀繼晷之勞 門垣皆置筆劂性命道德之奧 爲綱目本末之箴 明善誠身之方 粗陳梗概 齊家治國之要 略舉綱維 載瞻九仞之高 庶裨一塵之益 茲蓋伏遇 主上殿下 剛健純粹 緝熙明光 道積德修 懋敏高宗之遜志 月將日就 宥密成王之單心 方將窮理盡性 而切磋琢磨 益致直內方外 而瑟僩赫咺 欲引發彀率準的 須洞徹表裏精粗 俯粹微誠 仰塵清燕 止當止得 當得盡天理之極 而無一毫之私 明益明 新益新 正吾心之矩 而同萬民之欲 [臣 崇祖] 千冒天威 無任激切屏營之至 謹奉箋 隨進以聞

正德六年三月十二日　通政大夫　成均館大司成　[臣] 柳[崇祖] 謹上箋

　[臣　崇祖]聞　朱子曰　大學之道　猶規矩準繩　先自治而後　治人者也

[臣]　竊嘗繼之曰　大學之道　乃修齊治平之規矩準繩　而爲方圓平直之至

也　爲君者　不可不明大學之道　規矩準繩之所自出　爲臣者　不可不講大

學之道　規矩準繩之所由施　爲民者　不可不知大學之道　規矩準繩之所當

從　二帝三王之所以治隆俗美　而爲人倫之至者　正規矩準繩之體以成己

而運之於上　故方圓平直之用自正　而物成於下矣　春秋戰國秦漢以降　欲

方圓平直之正於下　而僵規矩準繩之法於上　故觚不爲觚　玦離不環　傾側

陂倚　屈曲邪枉　無所不至　柄鑿齟齬　方圓不周　使天下後世　不復見方圓

平直之出於規矩準繩之妙　而以成己成物　爲何事　可勝慟哉　然規矩準繩

之體之正　豈可以他求哉　不越乎吾心之好惡之正而不偏耳　格物致知　以

知其善之當好　惡之當惡　而惡惡則如惡惡臭　好善則如好好色　決去其惡

而必得其善　毋自欺　以誠其身　然後推之以齊其家　則好知其惡　而使一

家之人　皆去其惡　惡知其美　而使一家之人　同歸於善　以之治國　則有善

而責善　無惡而正惡　率之以仁　而興仁讓之善　無貪戾之惡　以之治天下

則絜之以矩　而同其好惡　所欲與之聚之　所惡勿施爾也　無以爲寶　惟善

爲寶　見善則能舉而先之　見惡則能退而遠之　大能絜矩　而又於其身　去

驕泰之惡　敦忠信之善　則規矩準繩之體立　而己得其成矣　方圓平直之出

於此　而成物者　其有不正乎　[臣]自髫齔　潛心大學之道　雖未能明規矩

準繩之體於心　而方圓平直之用　不得不由此而後正者　則竊嘗講究有日

矣　何幸　聖上銳意二帝三王之學之治　親臨大學　躬奠聖先　崇儒重道　橫

經問難　嗚呼休哉　甚盛舉也　二帝三王之學之治　指日可期矣　然都俞之

美　吁咈之戒　誦之於口　諷之於耳　不若筆之於書款之几案　日省警心之

爲愈也　[臣]不揆淺陋迂拙之見　竊取經傳章句之意　謹著三綱八目之箴

而終之以絜矩竢時而獻焉者　[臣]之平生所學　不過如是　庶冀聖上之心

之規矩準繩 妙契於大學 以之成己 而絜之爲方圓平直者 雖不刻雕其物 物 而上下四方 均齊方正 自然各得其方圓平直之正 無一毫長短廣狹之 偏 而彼此如一物 無不成矣 若擬瞽矇之誦 爲贅御之規 腸塵冕蔬 而日 新又新焉 則所以明好惡 而絜其矩 以同好惡焉者 有不容已矣 其於成 己成物之功 庶少補云 [臣 崇祖] 謹序

明明德箴

(論降衷道德均賦之源 心性情意四端七情之別 志意先後 朱陳之說 互明一致之意 才與氣質 疎密精粗之辨 天地與人 氣質之分 明德本體 之明 所發之端 復初之功 敎者先存養 學者先省察之由 異端百家 所學 毫釐之差 拘氣超形 不明不行之端 孔孟程張 性理淵源之正 能知能行 變化氣質之方)

一陰一陽 本一太極 繼善成性 理氣妙合
秉彝懿德 人所同得 精眞之凝 靈妙虛寂
不嗇於愚 不豊於智 內具衆理 外應萬事
統性與情 神明瑩澈 情動於性 純善無雜
意發於心 幾善與惡 理動氣挾 四端之情
氣動理隨 七情之萌 氣體之充 志氣之帥
志一動氣 氣一動志 志先意後 晦庵之言
意先於志 北溪之論 志心所之 意乃謀度
心有所之 意必思索 意思有定 志又以立
二義一致 互明其說 才爲人能 昏明强弱
頤論禀氣 軻指性發 考之事理 程乃爲密
氣質禀賦 通塞淸濁 質具形色 氣爲動息

知來藏往 氣魂質魄 天地與人 氣質之原
分陰分陽 動靜互根 司聽司視 聰明知覺
氣能運行 質有攸屬 氣拘初賦 物化形接
塵汚明鏡 蒙昧昏黑 本體之明 昭晢不息
良知良能 自然之性 孩提及長 不敎愛敬
隨感以應 油然而發 孺子入井 莫不怵惕
知皆擴充 兢業克復 五性之德 淵泉溥博
不可勝用 天下明德 止於其止 欽明濬哲
聖愼存養 賢謹省察 全動靜德 靜專動直
具動靜理 於動易失 若不致察 或差毫末
淪於虛無 流於寂滅 爲我無君 亂倫自潔
兼愛無父 親疎不擇 記誦眩理 詞章篆刻
權謀詭詐 術數迂曲 祀柳栖椦 矯拂戕賊
作用運動 湍水食色 皆混善惡 唯認形質
氣馬所適 擧物遺則 詖濟邪遁 蔽陷離窮
發心害事 機變盲聾 百家衆技 讖緯符祝
告公荀楊 韓蘇胡釋 鶻突杜撰 隔靴爬痒
擇焉不精 語焉不詳 紛紜謬戾 降衷性鑿
訓詁附會 舛錯瑣屑 清談雌黃 糟魄事物
夢幻人世 塵芥八荒 靑白其眼 睥睨巖廊
絲悲黃黑 岐泣南北 放浪形骸 蔑棄禮法
投轄銜盃 爲通恣情 高臥爲達 玄靜厭事
爲雅勤謹 奉公爲俗 索隱行怪 窈冥昏默
博物洽聞 汗漫不約 未聞格致 之學安有
反身之實 騖遠喪志 行已無益 孔兼氣質

孟道性善　相近習遠　昏愚知勉　上智下愚
質定不易　本性之善　在中緒出　苟勿暴棄
人一己百　變化氣質　及成功一　彼昏不知
理氣莫別　氣不論性　性不論氣　岐而執拗
不明不備　程張剖析　明氣與理　氣殊形稟
理一天地　氣不外理　理寓氣裏　理不離氣
渾然一本　氣不雜理　粲然不混　無先無後
無端無始　賦物之初　理一氣二　物稟之後
氣同理異　君子善反　不性形器　正論一出
宣朗日月　千古昏惑　一朝洞豁
惟精惟一
擇中允執

作新民箴

民心之天　本與我一　汚于流俗　舊染未革
湯盤自警　日新其德　建其有極　敷錫五福
推同然心　興其孝悌　若窘飢寒　何暇治禮
同其好惡　旣富方穀　分井受田　鑿飲耕食
不違農時　不奪蠶積　女有餘布　男有餘粟
不飢不寒　仰事俯育　設庠與校　教以人倫
觀瞻感化　作其自新　鼓舞陶甄　範圍經綸
勞來匡直　振德輔翼　直溫寬栗　優游自得
會其有極　于極保錫　若不自新　本體不立
施之無源　民不心服　管晏功利　申商慘刻

孫務服遠　悭盡地力　律令刑法　食貨掊克
假託富疆　騁其私術　拂其好惡　剜割心肉
强鴟姦尢　贏顚溝壑　救死不贍　敢望振作
絜之以矩
同其所欲
興仁興讓
不期而得

止至善箴

鳥止丘隅　射準鳲鵠　虞張其機　省括度釋
降衷之善　惟皇之極　不偏不倚　彌高彌堅
無適無莫　忽後瞻前　躍如卓爾　中道而立
孝弟忠信　仁義禮智　乃目之大　當止之地
念典于學　切磋骨角　於緝熙敬　琢磨玉石
知止其止　能得其得　瑟僩赫咺　表裏如一
止於至善　巍然盛德　親賢樂利　無一不獲
事之終始　物之本末　無不用極　止而不遷
無黨無偏　蕩蕩平平　歸其有極　浩浩其天
若不知止　擇善固執　敬墜阿諛　仁流姑息
孝從親令　慈長子惡　夫婦私昵　信諒尾白
爲我兼愛　仁義之賊　無權子莫　執一廢百
欹器不中　虛欹滿覆　皆失其中　過猶不及
慮而後得
不可不擇

使無訟箴

惟皇上帝　生民有欲　欲動于中　知誘於物
利義之交　失得之接　窒而不通　訟由以作
無情詐飾　變亂黑白　垢吾心鑑　昏而不察
眩是與非　撓直爲曲　鬱抑不伸　冤枉抱屈
片言以折　明淸審克　雖曰能斷　非本而末
誠內自訟　克復四勿　吾心之德　蕩蕩正直
無少私蔽　光明聖哲　矯僞之人　自然畏服
水怪狀見　嶠犀之靈　虞芮質成　周文之庭
蟬縷范冠　蟹筐鱟積　此謂知本　在明明德
知其所止
得其當得
必止於是
終始惟一

格物致知箴

心外無理　理外無物　致吾之知　在物之格
天道變化　風霆發育　洪纖高下　飛潛動植
絪縕块圠　各稟亭毒　散爲萬殊　各一太極
五性四端　本善無惡　堯舜塗人　其初如一
引伸觸長　卽物以窮　日格一物　日日積功
一朝心源　融釋貫通　達道達德　瞭然心胸
如鑑之明　莫遁妍媸　如衡之平　輕重難欺

千蹊萬徑　皆適邦畿　若不窮格　以致其知
物之精粗　事之是非　顚倒錯亂　眩瞀昏惑
背君父道　昧忠孝節　忽長幼序　暗男女別
忘朋友信　失秉彝則　姑息眼前　狃愛骨肉
苟安鴆毒　溺情帷薄　罔慮危機　不愧慚德
迷人厖禍　惑夜半哭　媒患巫蠱　釀毒餠藥
恩乖父子　蘗生嫡妾　諛佞爲忠　正直爲曲
奸諂日進　賢智退藏　由不知微　自速危亡
格致之功　誠正之方　千里之謬　一毫之差
是非之鑑
剖析不頗
精以察之
日就月將
緝熙光明
不息自強

謹獨箴

天德王道　要在謹獨　一念之微　幾善與惡
此心之發　幽暗細微　未形於迹　已動其幾
人未及覺　我己獨知　善惡不逃　吾心之識
當此之時　顯見昭灼　此厥不愼　放過毫末
從惡如崩　燎原難撲　義利之戰　如蠻如觸
一膜之內　便爲胡越　及見君子　掩護其慝
怵迫遮閉　心勞日拙　如見肺肝　黰然愧怍

是雖自欺　猶冀恥格　過此以往　不知紀極
心注事爲　神運酬酢　十手十目　所指所覰
是非得失　反不自覺　入市攫金　物交於物
悍然不顧　冥然莫察　昏虐侈縱　放逸頗僻
無所不至　爲鬼爲蜮　其機如此　當自惕若
惡惡如臭　好善如色　危微精一　義敬方直
心廣體胖　快足自慊　浩然充塞　正是四國
所操者約　惟恭之篤
無日不顯
罔或少忽

正心箴

心之神明　理氣之合　虛靈知覺　寂感而寂
放彌六合　卷退藏密　性命之正　道義之源
形氣之私　物我之分　危微之幾　善惡之關
操舍之萌　聖狂之端　應感之妙　人情之常
感物而動　或存或亡　一心之微　衆欲之攻
飲食燕安　歌舞鼓鐘　宮室臺榭　土地兵甲
游田鷹犬　射御勇力　珍禽奇獸　美草異木
官反貨內　寶玩珠玉　符讖圖書　仙佛巫祝
奢麗侈服　蛾眉嬪妾　忿懥好樂　憂患恐懼
貂璫嬖幸　阿意無忤　輻輳於前　巧中其欲
濟聲亂耳　妖姿蕩目　桑雍中結　蟾蜍內蝕
聽誨奕秋　思繳鴻鵠　事幾之來　念慮之發

若不加察　情蕩性鑿　治心之防　莫善寡欲
明鑑戒後　金人恭默　盤警溺人　杖扶顚蹶
矛慮伏屍　席愼寢食　劍思佩德　牖以納約
觸物知懼　寓目兢惕　持敬丹書　勝怠無逸
內蠱不生　外誘難托　廓然大公　無少私曲
閑邪存誠
懋敬厥德

修身箴

一腔之內　萬慮之集　鼻口耳目　臭味聲色
手足動靜　威儀千百　筋骸之束　各有其則
尊其德性　道其問學　肇修人紀　愼徽天秩
言則忠信　行必敬篤　改過遷善　懲忿窒慾
行有不得　反求諸己　正誼明道　不計功利
己所不欲　勿施於彼　和順中積　英華外發
動容周旋　自中繩墨　親所當親　愛所當愛
敬其可敬　畏其可畏　賤而惡之　哀而矜之
傲惰之接　無偏無陂　惡知其美　同歸於德
好知其惡　使不爲惡　遜志孟賊　逆耳砭石
不溺於愛　不貪於得　盂方水方　表正影直
戰兢自持
乾乾夕惕

齊家治國箴

一家之法　天下之則　不出其家　敎成於國

父父子子　親親之極　兄兄弟弟　友友之篤

夫夫婦婦　男女之別　整然肅然　其儀不忒

天下之人　於此矜式　孝以事君　弟以事長

慈以使衆　各適其當　家或不齊　壞亂天常

終風且暴　綠衣黃裳　魚網鴻離　醜不可詳

甬弓翩反　相怨一方　大不友恭　鬩于其牆

弗祗服事　大傷考心　不子厥子　小弁怨深

二子乘舟　靑蠅止棘　牝雞家索　龍漦流毒

禍水燕啄　玉環塵瀆　胎患閨闥　三綱斁絕

五常之性　非由外鑠　敦敘天秩　豈可强爲

孝弟與慈　以端而推　惟慈之天　家國之急

於子不泯　于民或減　惟孝與弟　間或有失

母之慈子　未學知恤　事君事長　皆勉恭恪

鰥寡孤獨　易慢而忽　赤子無知　呱呱而泣

其所好惡　不能自說　心誠求之　尙不遠欲

矜此惸獨　流離艱難　凍餒勞苦　怨咨慨歎

推愛子心　惠鮮周乏　民懷其仁　鼓舞感發

仁讓於家　薰陶其俗　貪戾之蘖　亂亡之促

爲善之難　如天之登　從惡之易　若土之崩

善必積成　惡雖小怵　一人之善　萬民之福

片言之非　僨事之速　弩牙之動　影響之倢

君之一身　民所則效　違其所命　從厥攸好

桀紂帥暴　民從好暴　堯舜帥仁　民知禮節
有德於己　責人之善　無惡於己　正人之惡
藏身不恕　喻人不得　造端夫婦　自卑以陟
風行草偃　聲教以訖　栜夭宜家　蓼蕭宜兄
鳲鳩正國　歌詠性情　刑妻及弟　天下化成
舉斯加彼　如掌之反
慎厥身修
邇可及遠

絜矩箴

匠之制方　持矩以度　君之出治　匪心不克
萬化之源　一心之發　以心爲矩　推以度物
天下之心　無間於己　如非我願　亦勿施彼
老老長長　興孝興弟　幼幼及幼　恤孤子惠
彼我之間　以矩以絜　同其好惡　從心所欲
不踰其矩　皆止其極　矩之能絜　好惡之公
矩之不絜　好惡不同　民之好惡　實關財穀
財之聚散　由人貪潔　人之用舍　君心善惡
生財大道　休養生息　財天所生　民情至願
若務鳩斂　天怒民怨　天命得失　人心響叛
天理存亡　皆決於此　絜矩之道　不過如是
先慎乎德　與民同樂　以義爲利　內本外末
善人爲寶　不寶金玉　彥聖心好　媢疾遠斥
若知愛惡　未盡黜陟　不能絜矩　妨賢病國

居位修己 治人之術 驕泰必愼 忠信必得

食寡用舒 生衆爲疾 富藏天下 家給人足

各得其所 不知帝力 一矩之絜 天下保合

折旋中矩

外方內直

隨物賦物

與天同德

　右箴 非[臣]之私意臆說也 皆大學聖經賢傳之奧旨 程朱論辨取舍之
格言 發未發 以極其趣 會其要 以見諸用 其規模節目 本末終始 粲然
備具 誠自治以治人之指南也 豈特時君世主之所當講劘而密察 加察以
躬行者乎 實萬億載裕後燕翼之良規也 一言一藥 皆爲法戒 故[臣]采而
輯之 推而明之 然曾子於十傳之中 釋本末 則曰使無訟乎 釋誠意 則曰
必愼其獨 釋平天下 則曰有絜矩之道 釋齊家治國 則曰治國必先齊其家
釋格物致知之傳 則闕逸放失 故今[臣]之箴 不曰本末 而曰使無訟 不
曰誠意 而曰謹獨 不曰平天下 而曰絜矩 其於格物致知齊家治國四條
則不單擧之 而合兩條爲一者 竊有意焉 蓋訟者 矯情幻化 而與人爭辨
以混眞贗 以致冤怨者也 獨者 念之初萌 而善惡誠僞 所由分之幾也 矩
者 吾心之法度 而平天下之具也 況物之理 不外於吾心 而吾心之知之
致 在物之格也 家之則足法於國 而國之敎 先成於家也 凡爲惡於獨者
自以爲獨知而人未之知也 故恣意爲之 而不知其是非善惡 不敢遁於吾
心之鑑者 尤爲顯見而嚴於十手目之所指視也 治天下者 自以爲天下至
廣難平也 而不知天下之心 亦我之心也 正吾心之矩以絜之 則吾之好惡
同於天下 而無不平矣 分爭辨訟 雖足以詰姦而伸冤 然天下之大 不得
人人而分之辨之 則姦或未詰 冤或未伸者 多矣 能道之以德 齊之以禮

而敎化之 陶甄之 使耕者讓畔 行者讓路 有恥且格 而納民俗於禮讓之
風 則自然畏服 而不得盡其無情之辭矣 訟何由興乎 且明德爲三綱之首
而德之明 必先資於格物 故經曰致知在格物 而傳文亡缺 秦漢以降 諸
儒未知大學修己之學也 獨唐之韓愈李翱 發於原道復性之篇 而亦無及
於格致之功也 至朱子補其亡焉 然後知格致爲聖學之始 而治道之根柢
也 刑妻及弟 以御家邦 故眞氏衍義 止於齊家之要 而不及國天下者 以
見家之可推於國 而丘氏補治平之務 以達之天下 誠以國之本在家 而天
下之本在國故也 聖狂之分 實源於物之格不格 獨之謹不謹 而治亂之萌
常由於家之齊不齊 矩之正不正 俗之淳漓 占於訟之有無 而本於德之明
不明 故[臣]於此尤致意焉耳 操心之要 出治之本 其有大於此者哉 其
曰明 日新 日止 而格致以精之 誠正修以一之 齊治平以推之者 言雖殊
而要其歸 則不越乎一心之敬而已 精一允執之中 一以貫之之實 忠恕之
道 亦不外是 唯謹獨 爲守之之方也 苟吾心之好惡 雖察於格致之知 而
不審於方發之初 以謹其獨 以正其好惡之矩之體於心 則其好惡不明於
身與家國天下 而不得其修齊治平之正矣 自古願治之君 輔治之臣 孰不
知修齊治平之爲可好 而昏亂危亡之爲可惡哉 然好惡不謹於獨 以正其
心之矩 故其發而絜之 以見諸行事者 雖極侈其文爲之末 而其明德之實
則昏而不明 猶舊也 故其效不建於修齊治平之隆者 萬世之通患也 恭惟
聖上以格致誠正之學 恢祖宗視學之規 其聖學之明 聖治之隆 蓋將超虞
周 而陋魯侯矣 彼區區漢明宇文周之屑屑於事爲之末 而無其實者 何足
與議於聖明之擧乎 伏願殿下先謹其好惡之念於獨 而察之以精 守之以
一 以正其聖心之矩之體於內 又引經幄侍臣 朝夕與居 薰陶涵養 其德
性氣質 益正其正 益修其修 緝熙其敬 純亦不已 而使本體 中正純粹
精直方大 從心所欲 不踰矩 然後其發而施之於事也 絜之以矩 而允執
其中 以時措之 則事皆合宜 而能得其好惡之正矣 於民其有不同者乎

其他號令政敎典章法度之可法可遵者 則祖宗成憲 至精至備 而具於金
科玉條 一一次第舉而行之 守而勿失 祖述堯舜 憲章祖宗 律天時 襲水
土 則二帝三王之學之治 不難致也 夫大學之綱目本末 備於仲尼之經
曾子之傳 程朱諸儒之註 眞德秀丘濬之衍義補遺 [臣]何敢更贅 固知未
免迂遠不切之譏 然論學而不本於大學 則昧於事物之理 而無以體之於
身 言治而不源於大學 則暗於治人之本 而無以施之於用 今聖明臨大學
咨道之時 [臣]適當賜對 咫尺天威 十忘七八 未悉所蘊 故謹書平日之
所願陳者以獻焉 勿以此爲鳥噪蟲薨之過耳 而時於燕閒 庶賜乙覽 以貽
孫謨 而益盡心體之明 益嚴閨門之法 益謹其獨 益正其矩 則國家幸甚
萬世幸甚 [臣 崇祖] 謹錄以聞

宋純

敬次朱子敬齋箴

歙其身心　箴其聽視　常喚主翁　如對上帝

中心必嚴　外貌自恭　處獨而謹　爾室幽封

出門承事　如賓如祭　從事於此　常恐忽易

奉盤履氷　擊析守城　動靜無違　擧措不輕

心或無主　走作南北　所貴乎心　主一無適

徹始徹終　不貳不三　潛心以伏　天孔昭監

所以程門　常說主敬　瞻視斯尊　衣冠斯正

[缺缺]舌上　視白鼻端　斯須間斷　火熱氷寒

飛揚千里　茫茫無處　毫忽不謹　綱頹法斁

嗟余小子　敢不警哉　謹告神明　常守靈臺

羅世纘

戒心箴

臣聞孟子稱操則存 舍則亡矣 甚矣吾心之難保也 原性命發形氣 不能無分於至危至微之際 而出入亦無時焉 是故 思養性 不可以不存心 思存心 不可以不戒心 嗚呼 君子之所不可及者 其唯戒心乎 雖然戒之於此者 或不能保之於彼 戒之於前者 或不能保之於後 故必使戒愼恐懼之念 常存於不覩不聞之中 而此心常惺惺於至密至靜之中 然後危者安 微者著 而動靜云爲 自無一息之非天矣 堯之兢兢 舜之業業 禹之孜孜 湯之慄慄 文王之不已 成王之無逸 皆是物也 大抵人情 莫不欲安 耳之於聲 口之於味 目之於色也 莫不以物交物 而況人主一心 攻之者衆 而以其一身 寄之於巍巍莫高之位 而其宜恐懼也尤大也 則其可一刻而忘戒乎 日御經幄 學士滿前 此時固知戒矣 宦官宮妾之近 試一儆省 則亦能戒乎否 天災疊見 民變踵至 此時固知戒矣 暗室屋漏之中 試一循省 則亦能戒乎否 是以 中庸位天地之功 未嘗不本於謹獨 而大學平天下之效 亦未嘗不本於正心 誠以心者一身之主 而敬者萬事之本也 天下大戒也 而徒知戒天下 不知戒一心 生民亦可戒也 而徒知戒生民 不知戒一心 則不幾於其本亂乎 嗚呼 人有鷄犬放 則知求之 心吾心也 吾有之而不知所以收之 日與外物 膠膠於事爲之間 貽禍國家 哀哉 昔范淳夫之女 嘗言心豈有出入 是固不知孟子 亦不可不謂存心者 爲人君而任天人之寄 負聖賢之責 苟不知戒在吾心 則寧不知愧於一女子之心學乎 遂獻箴曰

心可無乎 無誰以主 謂主者何 克戒克懼

參爲三才 曰惟方寸 未之思也 夫豈之遠

謂天蓋高　何我不備　以存以養　皆是所事
放之毫釐　千里萬里　瞬存息養　爰茲靜處
己私退聽　天理作所　于以推之　家而天下
胡不益戒　盤水六馬　彼喜乘罅　乃物乃欲
防或少弛　咸我蟊賊　狃安承平　志變易肆
人苟小旺　天不可恃　顧惟一心　橫攻衆理
不有戰兢　孰能禦之　莫余云覬　十手所指
命不易保　天惟顯思　敬止敬止　臨氷莫若
一日戒之　堯舜一日　終身戒之　堯舜終身
戒與不戒　而天而人

李恒

自强齋箴

大道無邊 邪許功輸 日知日行 賴在聖謨 博文於事 約禮於心

然非持敬 邪思難禁 合其內外 一於動息

功無間斷 心無走作 强兮强兮 難以智力

學到求仁 庶可自强 學力之大 極天無强

穆穆其德 乾乾不息 舜何人哉 可至聖域

學者以聖人爲可期及 稍有小成之心 是自畫 不可與有爲 乃聖門之罪
人也 不啻聖門之罪人 抑亦吾黨之罪人也 故以大舜終焉

愼天翊

自戒箴

遏慾之挐 濟戾以和 柔與剛敵 得中爲德
苟執不虧 卽仁之儀 盍究吾衷 復爾天宗

樂命箴

姤又復 禍則福 命之微 道甚的 君子樂 以存歿

黃暐

莫見乎隱箴

天地之大 最貴者人 人有誠心 能大能新 萬化之本 一身之主
愈危愈微 易失難久 無時豫怠 宜察宜省
奈何不戒 克念則聖 奈何不愼 罔念作狂
幼學壯行 闇然日章 猶水就下 若火之燃
不愧屋漏 自其操存 幾則已動 莫見乎隱
長欲幽暗 離道之遠 無形無跡 必顯必著
雖欲掩之 衆所共覩 在於匹夫 尙且如此
況今人辟 可不敬止 誠之有要 其在心歟
爰念古人 精一執中 此焉則鏡 竭臣丹忠

黃胤錫

自省箴

知不善爲之者 人耶否也 知可改不之者 人歟末也 人而否 其死爲無寧 人而末 其生爲何益 且夫一念之惡天必識 毋或曰天奚以識 一慮之辟天則殛 毋或曰天安能殛 天非識以目而識以不目之目 奚翅如十指之嚴 天非殛以刃而殛以不刃之刃 奚翅若五刑之戮 然則其必以人而否爲戒而愼無乎天識其惡 亦必以人而末爲警而愼無於天殛其辟 始所謂人而人 而更何有知而爲 乃所謂人之人 而又安有知而不也耶

人間私語 天聽若雷 毋曰高高 而惟愼哉

暗室欺心 神目如電 毋曰冥冥 而畏其顯

客中題壁三箴 時直東部

莫重者身而或不撿 莫危者心而或不收

言往往失之於居顯 行往往忽之於處幽

世之人固具曰余人 噫若是尚可曰人

不惟自今如臨而如履兮 庶不至泛泛而悠悠

其二

有不忍一時之慾而誤平生 有不忍一時之忿而躓大事

是孰重孰輕孰利孰害 蓋不須單拆方弓而辨之易矣

(長+差)茲昧者汩相尋於旣覆 卓彼智者獨先覺於未至

蒙其昧者邪智者耶 請姑事懲窒之二字

其三

科擧所以出身 其可曲徑求諸 仕宦所以事主 其可鑽穴圖諸

義之所在 雖虀粉不當少避 勢之所歸 雖鍾馹不當或趨

有用我者 述禮樂而贊刑政 無用我者 樂畎畝而憂江湖

余蓋將有意而學 未之能信也 然用晦自明 尙毋愧古人之與徒乎

集古訓題斗兒冊房示箴

至要敎子 至樂讀書 眞實心地 刻苦工夫

夙興夜寐 日乾夕惕 履冰蹈虎 臨淵隕谷

奇正鎮

書室箴

道入無間　載之維書　匪精匪細　曷造門闥
讀書鹵莽　恒病存焉　匪我獨然　而人不然
我究病源　首先責志　士鮮有志　書歸虛器
古有顏淵　舜何予爲　舜有微言　顏淵不知
寧不憤悱　鑽之爲期　是之謂志　志壹氣隨
志苟低陷　書吾何有　人道書好　讀以備數
蠶絲牛毛　眯眼疾首　勉彊思索　脂畫冰鏤
其次舊習　難一二計　或汨嗜欲　天君已醉
投之理義　圓鑿方柄　胃若放豚　熟處在彼
或貪名利　父敎兄勉　見彈意忙　箪甕情轉
褚小綆短　宜得之淺　或有小數　雕繪文詞
黃白覓對　月露爭奇　雖値肯綮　眼走毛皮
此其大者　餘可類推　其三氣稟　靜躁皆咎
靜者簡便　惡煩就陋　躁者急迫　貪前畧後
維此三患　爲眼中翳　辣椒皮吞　明珠櫝買
假使經子　如誦己言　書肆則可　無救童昏
病旣診脉　藥豈無術　舊習曷革　勇爲眞訣
氣稟曷變　敬是蔘朮　學之有志　譬則元氣
元氣內虧　藥無所施　惕然反求　在我而已
無日言耄　維顏是似

曹毅坤

不足畏箴

宣尼有言　後生可畏　所畏何事　聖言猶謂

眇爾小子　年富力強　學與日進　德與年長

聖賢可做　何憂不及　然或蹉過　四十五十

年與時馳　意與歲去　一步未進　百事靡逮

枯落坎坷　無聞無稱　曬昔期望　今焉無凭

神舍塗漆　天君迷昏　面目可憎　言語奚論

先生長者　豈肯與之　不肯與之　況復畏爲

此歲將除　余年不惑　名言在茲　愧懼雙極

觬䠋跋踏　惘然莫喻　至哉格言　聞諸皐比

子之基本　眇齡其由　失之眇齡　歎復奚留

況又我年　四十將再　前車宜鑑　盍謂君輩

視我基本　顧不在子　若日到今　無奈云爾

止斯安暴　是豈聖旨　推之可畏　尙在前頭

旣往莫追　將來可收　余受此言　敢不唯命

往者尙失　來者敢望　有始非難　克終惟艱

自今以往　造次之間　努力勿惰　斯誠或酬

爰作警箴　以備桑楡

金漢燮

主一齋箴

冠山臥龍村魏君貫一 年及於立 深有慨於疇往失學 遂刻意爲己 以古
人自期 又苦其索居 每從余而遊 誠不恥下問 則優矣 自丁憂以來 其哀
痛至誠 有能以感動微物者 此鄕隣之所共習聞稱賞也 擧此可知其餘 一
臠全鼎 不其信乎 貫一於所居以主一額之 因請余數語 以箴警乎云 余
竊思之 昔南軒著主一銘與箴 其義詳且盡 晦翁且有敬齋之箴 合是數者
觀之 主敬爲學之要 無以加此 何須他言爲哉 刻貫一已知其能養大者乎
然不忍孤其盛意 略掇緖餘 以爲之箴曰

人生一世 其責甚大 惟皇降衷 萬理總會
方寸之間 神明不測 主乎一身 參爲三極
君子存之 其德克明 功化之妙 渾然天成
庶民冥頑 喪其良心 朝晝牿亡 乃獸乃禽
心之爲物 至顯至微 凝氷焦火 淵淪天飛
操心之要 莫如存敬 旣常戒懼 發際深省
舍利趨義 去惡爲善 造次顚沛 以畏天顯
主一無適 萬變是當 爲學始終 此其大綱
顧令之人 所主不一 名利交攻 謀猷回遹
詞章雜學 爲世沈痼 紛撓無定 莫之能悟
惟君克念 拔乎流俗 尊其德性 以制利欲
反求經籍 古人爲師 終始惟一 視此銘詞

紙尺箴 書贈讀書小兒

內潔爾心 如斯之白 外整爾容 如斯之直

讀書箴

歲庚寅春 余別構數間茅棟於朱雀山陽 以爲晚暮棲息之計焉 隣居有
尹艸孟元 晝 宵同處 以替我灑掃 而小大學及魯論等書 漸次讀之 至甲
午六月二十七日平明 出一小紙 要余著讀書箴 以爲畢生服膺之資 當此
東邪騁怪小大淪胥之日 誠不易得之事也 余見嫉賊徒 極知死亡無日 而
深嘉其志 力疾以書 以爲相訣云

斯道統緒 上自唐虞 繼往開來 孔孟程朱

人非學問 曷知所趨 眞實心地 刻苦工夫

知行一致 乃成眞儒 嗟爾小子 事親和愉

餘力以學 庶開昏愚 讀書之法 靜坐中孚

開卷肅然 勿放須臾 小學四子 熟讀涵濡

畢生服膺 誓爲聖徒 匪我刱說 惟聖之謨

田愚

九容箴

方象地　容宜重　縮斯往　見大勇

必正立　毋跛倚　總厥德　非禮弗履（足）

指揮萬務　容宜恭　奉中庸　當心胷

濯足也爾　執圭也爾　用若天淵　盥洗敬止（手）

神所在　容宜端　瞬有存　是其官

儒仙佛　皆先視　噫可不愼諸　天命顧諟（目）

言食已　容宜止　病禍出入　常愼只

齒脣及齗　三圍如城　理非偶然　掉舌莫輕（口）

出辭令　容宜靜　雖怒叱　亦要正

吾于是　不能無愧　莫謂已耄　敬不敢肆（聲）

圓象天　容宜直　聖應事　順帝則

士子以　遵聖法　本如或偏　其末必忒（頭）

息出入　容宜肅　敬以養　觀厥德

歸元海　壽無窮　嗟爾小子　無或癏痌（氣）

百體爲儀　容宜有德　叉手並脚　是爲厥則

俛而勿仰　中而不倚　晦壁萬仞　千載仰止（立）

中心之式　寔由容莊　莫謂管語　是理之常

尼戒巧令　鄒言睟盎　用敬是法　匪我言妄（色）

友石箴

金聚五(錫奎) 居立石 以友石自號 愚爲作箴而勖之
欲與石爲友 常憂不稱渠 斷盡一點塵俗想 讀破十年孟朱書
吾以述石丈意 用作友石之模 苟使聚五能 此石丈惡得而辭諸

心箴 贈全時鳳李根 ○己未

心之爲物 變動無門 淵淪天飛 遂喪厥眞
藉用誠敬 得名爲君 儼臨靈臺 百體攸尊
心君雖隆 孰與性天 天命不易 宜監于殷
於皇上帝 及爾遊衍 嗚呼心乎 日夕惕乾

士箴 贈興陽久敬會諸賢

帝仁降衷 聖惻設敎 凡厥庶民 安有不肖
由氣或渗 心自棄暴 旣褻性命 亦罵忠孝
吁此帝聖 疇倚疇恃 恃儒維持 亂庶遄止
士也不承 天心其寧 亦粤先聖 視而不瞑
苟或念此 何忍不敬 敬之如何 心兮學性

奇宇萬

三山書室課程箴

夙興盥漱　衣帶必飭　堂室灑掃　几案拂拭
明牕棐几　斂膝對冊　心存敬謹　體無攲側
潛心就課　從朝至食　食至則起　相讓卽席
食畢散步　或降或陟　風乎卽旋　以尋紙墨
五行十行　克楷字畫　非要字好　心正斯覿
硯具旣撤　課讀是力　孜孜不輟　久久玩索
旣久而解　少選暇隙　迨此暇矣　質疑辨惑
旣而矍矍　復尋課讀　讀而不止　以至午刻
旣午課程　朝後是式　夕亦如之　夜分而宿
課日爲程　循環不息　勿忘勿助　是謂學則
逐日記事　自朝至夕　陰晴風雨　往來賓客
文義講說　言語酬酢　此於日用　不少爲益
凡厥動止　小心翼翼　行步安詳　出言寡默
由此做去　庶乎不忒

吳駿善

訥齋箴

人有一身　言爲之文　樞機之要　禍福之門
躁妄爲害　支離傷煩　何以守之　其言欲訥
周廟金緘　羲繇囊括　溫然含默　內斯靜專
凡今之人　異言是喧　侏離無愧　詖淫自賢
獸跡橫行　鴃舌瀾翻　正義不明　吾道將堙
誰能操心　防微塞源　鄭君元卿　老柏肖胤
持身謹節　克守先訓　訥以爲齋　以寓戒愼
吉人辭寡　君子言訒　默以識之　行則斯敏
期期吃吃　亦爲實踐　口容必止　心體必穩
人不可先　後之何損　衆人皆惑　我獨守謹
內藏我和　不以自衒　可言而言　知微之顯
不違於道　訓謨可撰　遵晦沃明　居貞理順
訥乎訥乎　勉之加勉

蒙齋箴

文友昌善　扁其讀書之室　曰蒙齋　屬余爲箴　余謂蒙非嘉號　擇而自警者　其亦取諸亨貞之德而作聖之功耶　吾知君早從勉菴崔先生　薰其德　而悅其道　其有得於啓發之功也深矣　吁　其敬也夫

睠焉萬物　化化生生　始生蒙昧　養以後成
養之如何　必以其貞　剛柔相應　其義則亨
艮坎爲體　取象山泉　遇險而止　果行必前
漸進有序　是謂育德　敎人發蒙　自養省察
良知良能　是天所賦　苟能充之　仁宅義路
聖功在玆　允矣時中　哀哉衆人　暴棄天衷
幼而蒙蔀　長益浮靡　惟此文君　早自得師
旣去愚蒙　有孚發若　于以養之　亨貞厥德
克念厥初　先難後獲　勉哉敬哉　永永無斁

李鍾宅

蒙養齋箴

凡人之身　在乎所養　性命之原　太極生兩
虛靈不昧　如指諸掌　氣質所拘　昏而魍魎
物欲之蔽　蒙而莽蒼　其昏曷明　其蒙曷爽
昔者羲易　山泉出上　是之謂蒙　果育之象
自養養蒙　邪穢滌盪　非我求童　聖功可想
谷口鄭君　淸粹這象　遵道而廢　悔多旣往
於是爲齋　以蒙揭牓　心慕寒暄　五十如囊
送子抱贄　華島函丈　函丈有訓　程朱是倣
明者之養　工不費枉　有爲亦若　趨向相髣
養身養德　大哉蕩蕩　孰謂子蒙　無愧俯仰
坐對月岳　去蒙卽朗　蓮塘花發　有時愛賞
物質變化　無復擾攘　仁門義路　所居地堛
人百己千　雖愚必晃　養之之功　誠哉非謂
包蒙則吉　晨夕書幌　燮也受訓　惟敬及長
來余索言　奈欠閒敏　何以藥之　切身痛癢
我作斯箴　有同勸獎　自幼至老　莫如自彊

孔學源

自箴

夫子言道 道卽是理 天人人物 該括終始
一云無極 爰暨周子 二五順布 動靜是已
紫陽乃作 註鮮總紀 性命形氣 雙關是倚
原頭流行 昭晳如指 言成後先 意則一視
夫何紛紛 降自諸氏 日理日氣 而此而彼
所執各殊 群論并起 仇讐之若 氷炭乃宵
天下之生 群聖之旨 先覺使後 遠取自邇
大化無跡 惟人所視 妙用不測 如無所使
其無間斷 誠一已矣 諸說一出 其論愈鄙
形氣爲主 大本則弛 補偏遺全 醫惡病美
帥卒倒置 二一不揣 厥由安在 不思巳耳
形而上下 聖言可俟 性善浩氣 鄒聖有以
道不可離 焉有他技 其言爲氣 餒於無是
濂翁晦老 同一其揆 何取何舍 誰譽誰毀
天降人性 何預查梓 亦降嘉種 焉用虛秕
若夫不善 非材之恥 聖不已甚 斯邁斯止
如執所憾 專主那裡 頭腦不正 工效何恃
己私易錯 天公難詭 聖謨洋洋 載在經史
平心朗讀 嗟今人士

過不及箴

桐以材招伐 膏以明自焚

非材非明 而自招禍孼者

人之才勝德薄也 知此可以免矣

馬牛馳與耕本性 非驂乘服秬 遂失其本性

若不受箝制 徒然奔馳馬牛乎

終亦不保其性命 知此庶乎免矣

南廷瑀

座右箴

朱子曰 謹獨而審其幾 西山眞氏曰 莊敬自持 一念之所從起 知其爲
聲色臭味而發 則用力克治 不使之滋長 知其爲仁義禮智而發 則一意持
守 不使之變遷 蓋皆遏人欲存天理之要法也 掇其意爲箴 朝夕觀省 兼
以示同居諸友

人有一心 發乃有異 天理直出 萬善攸備
由是徇之 聖賢可致 人欲蘖芽 衆惡從肆
由是徇之 桀蹠同歸 二者之間 其分甚微
日此日彼 毫忽其差 是以君子 克誠其思
一念之發 必審其幾 知其爲欲 猛加克治
如除荊棘 拔本無遺 知其爲理 擴而充之
如種五穀 是熟是期 體用相須 內外相資
惟敬一字 貫徹兼該 聖學之基 寔在於玆
敢掇前言 作爲箴規 隨時隨處 毋或敢違

自強箴

權君士仁 窮居獨學 憂因循頹靡 而不能有立也 拈自強二字 書座右
以自勉 請余爲箴

我觀夫人 強以勝人 勝人爲強 適足招嗔

君子知道 惟以自勝 自勝之强 誰敢與競
何謂自勝 自勝其欲 志帥一定 千邪可敵
衣冠必正 容貌必肅 立不跛倚 坐不欹側
以是操躬 怠慢可克 驅除外誘 斬截內萌
擾而有守 昏則喚惺 以是操心 非僻永絕
己私旣勝 天理自得 不已不息 卓乎其至
和而不流 中而不倚 窮而不變 達而不弛
强哉强哉 孰大於是 我述爲箴 以勗吾子

崔秉心

躁箴

人之情性	莫病於躁	躁根不除	百病相導
惟躁則急	志在速得	偶不稱心	憤怒盈色
惟躁則狹	百憂來集	小事小故	不能容納
躁則無禮	舉動齷齪	尊卑乖常	漸失綱紀
躁則傷德	不知愛物	下我之人	恣意嗔責
躁能損身	病疾叢紛	火氣上躁	如灼如焚
躁能敗名	事不經心	未爲惡事	先出惡音
惟躁之人	至多罪愆	不知省己	尤人怨天
惟躁之人	罪愆至多	天怒人責	災害則罹
爰有藥言	去躁之方	勉爾和順	去爾傲剛
靜則思理	動則持氣	忍之一時	利之終世
上畏天威	下懼人情	古之賢德	至今令名
嗚呼戒哉	愼厥動處	賢愚禍福	爾惟自取

鄭琦

自警箴

載之重矣 非弘曷居 行之遠矣 非毅曷圖
子輿一言 二字元符 一乃心畫 乃謨克厥 終欽厥初

月湖書室箴

奇君希文 忠信儒雅 有好古之風 長城之月汀里 其所居也 儲書千卷
游息其中 扁之曰月湖書室 而請余以勸戒之辭 樂聞而爲之題

道入無間 載之維書 匪精匪細 曷造門閭
翳我澹翁 啓來皦如 書是維何 天心聖謨
煌煌洋洋 有赫其臚 理義淵窟 綱常畫圖
動息存養 應酬疾徐 常塗變轍 細大與俱
爲人由是 不離須臾 如生有食 如邁有途
而不于斯 蠢蝡其徒 肆古環堵 有書盈車
惟其爲患 名存實虛 走皮忘髓 買櫝還珠
苟巳其病 憤悱反隅 持志以立 主敬以居
遵彙批卻 爬櫛精粗 量前照後 毫毛錙銖
若蔥斯劈 若草斯鉏 始疑俄渙 昔窒今疏
知旣明矣 思罔或逾 涵泳之熟 應務有餘
泛曲是當 孚及豚魚 毫芒或失 朔南其趨

所以先哲　昭示元符　間斷爲敗　二三爲痛
矧今漆土　聖謝神徂　叢咻迭嚇　萬誘紛挐
大典大經　已祭之蒭　有美奇君　志出夫夫
樂我縞綦　彼哉如茶　月湖之濱　山明水紆
茅茨淸楚　吉士攸廬　秩秩牙籤　充宇溢櫨
斯焉足多　矧保天初　樂善好義　有蔚其譽
我豔且勗　用是貢愚　淸晝靜夜　明燈熏鑪
齊其思慮　整其衿裾　對越千古　窹寐孔朱
一息尙存　勿惰勿渝　勗哉希文　爲君子儒

立志箴

朴君允肅　妙年志學　不鄙相從　心乎愛爾　於其歸　遂作箴以贈之
穹壤茫茫　人則藐爾　惟心之故　參乎天地
有萬其蠢　微是奚異　然惟是心　乍三乍二
于天于淵　如湯如冰　一瞬之放　千里其騰
所以古人　最先立志　志維伊何　氣之將帥
是帥不立　師無統紀　以是對敵　焉往不殆
矧彼外至　誘引如餌　可榮可辱　可戚可喜
膏羶于口　馨香于鼻　悅耳媚目　不一其致
此志一差　萬仞其坑　況世垂梢　異說交橫
滔滔胥溺　假面猩猩　我生爲人　何修作程
在昔賢聖　示我周行　載在靑編　嗷乎日星
切己從事　念念靡慝　此志一立　透金徹石

卓彼先覺 實是我師 毋日我駴 效斯則斯
爲聖爲賢 非高非遠 只在吾志 强則體健
罔克之間 聖狂是爭 念玆在玆 無忝爾生

鄭衡圭

浩氣箴

浩然之氣　人之正氣　自反而縮　何往有畏
自反不縮　氣便有餒　養氣有度　只在集義
所行不忒　俯仰無愧　學至於此　其氣自生
凡今之人　存心不誠　臨事而懼　氣何浩然
吾黨學者　刻骨勉旃

夜氣箴

夜氣之說　孟子始作　蓋惟良心　孰無其發
朝晝所爲　牿之反復　至於夜深　萬機自息
清明在躬　正好著力　因此克明　厥初乃復
嗚乎是訓　百世有功　我作斯箴　銘諸肚中

性師心弟箴

性師心弟　我先師艮齋先生訓也　世人不問當理如何　輒詆之以好奇創新　然則孟子所謂浩氣夜氣　果有前輩說乎　發揮道妙　語隨時異　是爲敎術　況近日有心尊性卑之說　若此說盛行　將使學者盡入於佛氏之門　豈不

可畏乎 故曰性師心弟 以明吾儒本天之學 與異端本心之學 不同也 敢
作箴 揭于壁上 朝夕視爲警

歸求有師 師曰是性 至尊無對 孰敢不敬

君子學道 學之者弟 雖有聰明 不敢自恃

所以我師 分以師弟 懇告來學 可不深體

學問要法 莫切於斯 常人之心 出入無時

難操易失 如何則可 將性做主 方有其軌

邪者可正 曲者可直 一心動靜 自然中節

主宰之名 於斯可得 若曰心尊 性必居卑

釋氏本心 與此奚異 士趨不正 孰開群蒙

極言痛辨 爲世盡忠 嗚乎今者 誰知斯功

金澤述

次敬齋箴 戊申

凝爾心神　斂爾聽視　如臣在廷　受命于帝
遵爾規矩　執爾恪恭　如侯守國　不失其封
小而喫飯　大而承祭　順應事物　勿問難易
內若修政　外若防城　審愼公私　勿混重輕
莫迷東西　莫顚南北　天然有中　我其可適
不疑於二　不惑於三　所存惟一　衆理可監
苟其如此　是謂能敬　動靜不違　表裏交正
純德無間　終始一端　愼無暫忘　竟至十寒
至行無差　精粗一處　愼無或忽　馴致敗斁
千聖宗旨　曷不欽哉　我庸作箴　銘諸靈臺

元朝自警箴 癸亥

爾年不惑　蚩蚩蒙士　爾年强仕　如用何以
舍日無聞　矧爾見惡　歲不我與　永歎寐寤
人欲猛省　承我皇考　存心益密　教自艮老
欽斯遵斯　將墜將失　庶收晚暮　終始惟一

八如箴 贈安永台 ○丙寅

立志如柱 防私如城 處善如宅 懲惡如坑
嗜書如炙 警惰如毒 精猛如隼 迅邁如騄

愼口箴 庚午

四十見惡 先聖所棄 見惡以何 言行尤悔
悔固可疢 尤益見愧 圭玷難磨 駟馳曷及
矧玆樞機 禍難交集 今將中身 尙不愼口
念及其終 痛心疾首 守口如瓶 晦翁規箴
無口之匏 李相黙沈 我其法此 懲前毖後
愼旃愼旃 庶免大咎

愼言箴 戊寅

金口胡緘 白圭胡復 言爲樞機 吉凶是卜
惟詩與箴 疇不誦讀 然而忽易 由無責辱
上士達理 無事亦肅 中人知戒 見責而勖
朝悔暮復 下愚碌碌 嗚呼小子 爲爾忠告

戒酒箴 戊寅

何諂妹邦 何疏儀狄 小則敗事 大則亡國

毫不差爽 驗諸往迹 然猶有失 由不親歷

一敗猶可 再敗何則 懲小戒大 訓自大易

敗不知戒 不亡安適 轉禍爲福 機在頃刻

占有悔 悔在吉凶之間 過宜改 改爲聖狂之幾

悔而不改 凶而已矣 改復有悔 狂而已矣

嗚呼 悔不深 悔改不眞 改頻悔頻 改之頃

老且逝矣 可不悲哉 作此愼言戒酒二箴 與舍弟汝安共勉

余時年五十有五 汝安四十

酒箴 乙酉

酒固從酉 肅殺西方 醉亦從卒 是爲死亡

盞疊兩戈 宜其見戕 壺藏惡體 豈得有臧

危似危字 觴可訓傷 承尊有禁 罸則嚴頭

聖人垂戒 旣切且周 如何人士 造次失玆

千古衛武 亦有悔詩

財箴 乙酉

錢帶雙戈 殺人之器 利傍立刀 亦一同類

財音同災 貨則禍聲 穀雖活人 待爻成形
少不謹愼 立喪其生 胡世之人 惟是之貪
哀哉北邙 冤鬼如林

權純命

求道齋箴

李孟吾性浩 築室陝川之吾道山中 艮翁顏以求道 純命爲之述其意

彌天大道 備在吾心 心苟自小 惟道是尋

道卽在我 何嘗遠人 前天後天 孔元朱眞

人能弘道 非道弘人 人心有覺 道體無爲

一經一傳 萬世蓍龜 嘻彼別宗 猶尊靈識

如盲摸象 忽抱佛脚 維潭維華 紹孔朱嫡

吾輩小子 幸生其後 被恩罔極 得免異趣

嗟我孟吾 以心求道

克己箴

人有心與氣質 本體同用乃異 心苟自作主宰 惟性理之是視

彼萬般病根由 於是漸覺消磨 用是先儒克氣 可作聖門瓜牙

此其可疑可破 將云惟使惟任 苟或任之使之 奚異導惡不禁

上蔡曾謂克性 滄洲亦云勝氣 此爲儒家眞詮 嗟小子其欽畏

柳永善

次范氏心箴 庚寅

於赫天君 浩浩無垠 虛靈洞澈 宰爾一身
一身三才 眇若倉米 發揮萬變 其機自爾
位育極功 實賴此心 師性爲君 從欲乃禽
戒懼常存 無間動靜 惟危惟微 非直是病
防微提撕 操而束之 曠宅舍路 存者幾希
消僞惟誠 敵邪是敬 人極旣立 百官聽令

愼言箴

心之動 宣由言 言不審 失爾身
矧樞機 災從始 簡近道 勿妄訾
金百緘 圭卅復 曷不愼 宜兢惕

謹行箴

知爲先 行爲重 儼若思 敬而竦
必愼獨 要克終 帝臨汝 宜反躬
惟靠性 勿信心 篤志實踐兮 吾知其履薄臨深

書室箴

聖賢可學　果行育德　顧諟明命　毋或不敬
毒在宴安　福惟謹勤　守義樂飢　獨往不辭
習坎心亨　保晚彌貞　立身一缺　萬事互裂

戒貨色箴　辛酉

貨色二者　人生最所切近　而少肆縱慾　則亦因是戕身覆家　此古昔聖哲
皆作至戒　而罔或忽之也　尤翁自警詩　何者名爲大丈夫　於財於色視如無
令人悚惕　各爲箴而自警

嗟嗟生民　惟食爲天　王者所重　亦此最先
如魚於水　如龍之珠　禮義廉恥　罔不由是
修齊治平　皆爲資焉　得如水火　焉有不仁

理財有法　惟茲絜矩　出自大學　厥施斯普
且節且儉　生財大道　量入爲出　用財大道
以義爲利　不求自利　凡百人士　曷不愼歟

蚩蚩庸蠢　貪饕鄙吝　父子弟昆　因而生釁
傷恩害義　蠱幻人心　上下交征　不奪不饜
隕身絕嗣　次第將至　爲慾所驅　不見禍祟

君子斯惻　常防其源　金夫之凶　大易至言

惟戈殳刀 作字寓意 (錢字從兩戈 穀字從殳 利字從刀) 小私寡慾 輕
財貴義

如無如土 眞丈夫哉 見得思義 不食嗟來

(右戒貨箴 凡四章 章六句 首章總言財 二章言理財 三章言貪吝 四
章言處財)

維君子道 夫婦造端 生民所始 萬福其源

天地群物 孰無陰陽 袵席之上 至理流行

其義至重 可贊化育 胖體密邇 易乎狎昵

聖人防微 敎以有別 利乎女貞 先正內法

禮主謹嚴 情貴和樂 賓敬相待 宜家宜室

惟此好合 如鼓琴瑟 閨庭若朝 其儀肅肅

噫彼沒覺 肆行淫慾 情熾益蕩 牿喪精血

病魔纏繞 促壽戕生 一枝花箭 射擒豪英

膏肓爲崇 華佗拱手 有誰怨尤 爾皆自取

殷鑑在玆 胡不責志 塡精補腦 如仇斯避

胡公黎渦 尤宜可戒 虎尾春氷 母敢少懈

一朝蹉跌 其奈生平 無貳無虞 予畏神期

(右戒色箴 凡四章 章六句 首章總言夫婦 二章言有別 三章言縱慾忘
生 四章言愼色)

지리산권 동부 남명학파의 잠(箴) 작품 서지사항

성명	생몰	작품명	서지사항
曺植	1501-1572	誠箴	『南冥先生文集』卷5(南冥學研究所 所藏本, 2면 右)
曺植	〃	贈叔安(箴)	『南冥先生文集』卷5(南冥學研究所 所藏本, 2면 右)
河沆	1538-1590	誠酒箴	『覺齋集』之中(韓國文集叢刊 48, 512면 下右)
金宇顒	1540-1603	進聖學六箴	『東岡集』卷15(韓國文集叢刊 50, 389면 上右)
金宇顒	〃	進御書存心養性箴	『東岡集』卷15(韓國文集叢刊 50, 393면 上右)
河應圖	1540-1610	自警箴	『寧無成齋先生逸稿』卷1(南冥學研究所 所藏本, 6면 左)
成汝信	1546-1632	學一箴	『浮査集』卷4(韓國文集叢刊 56, 109면 上左)
成汝信	〃	晚寤箴	『浮査集』卷4(韓國文集叢刊 56, 109면 上左)
成汝信	〃	惺惺齋箴	『浮査集』卷4(韓國文集叢刊 56, 109면 上左)
郭再祐	1552-1617	調息箴	『國譯 忘憂先生文集』, 李載浩 譯註, 集文堂, 234면
曹以天	1560-1638	儆身箴	『鳳谷逸稿』卷2(南冥學研究所 所藏本, 3면 右)
崔晛	1563-1640	友愛箴	『訒齋集』卷11(韓國文集叢刊 67, 368면 上右)
鄭蘊	1569-1641	元朝自警箴	『桐溪集』卷2(韓國文集叢刊 75, 181면 上右)
曺璥	1569-1652	八戒箴	『鳳岡集』卷之二下(南冥學研究所 所藏本)
朴壽春	1572-1652	自警箴	『菊潭集』卷2(韓國歷代文集叢書, 45면 左)
朴壽春	〃	言行箴	『菊潭集』卷2(韓國歷代文集叢書, 46면 右)
文後	1574-1644	敬義箴	『練江齋集』卷2(南冥學研究所 所藏本, 5면 右)
權濤	1575-1644	養心寡欲箴	『東溪集』卷6(南冥學研究所 所藏本, 5면 右)
權濤	〃	心者形之君箴	『東溪集』卷6(南冥學研究所 所藏本, 5면 右)
權濤	〃	自養箴	『東溪集』卷6(南冥學研究所 所藏本, 5면 左)
朴泰茂	1677-1756	晚悔箴	『西溪集』卷5(南冥學研究所 所藏本, 57면 左)
朴泰茂	〃	大學箴	『西溪集』卷5(南冥學研究所 所藏本, 58면 右)
朴泰茂	〃	座隅箴	『西溪集』卷5(南冥學研究所 所藏本, 61면 右)
朴泰茂	〃	枕箴	『西溪集』卷5(南冥學研究所 所藏本, 62면 左)
朴泰茂	〃	書室箴	『西溪集』卷5(南冥學研究所 所藏本, 62면 左)
朴致馥	1824-1894	讀書箴	『晚醒集』卷13(南冥學研究所 所藏本, 1면 右)
金麟燮	1827-1903	至樂箴	『端磎先生文集』卷11(慶尙大 文泉閣 所藏本, 2면)
金麟燮	〃	愼獨箴	『端磎先生文集』卷11(慶尙大 文泉閣 所藏本, 2면)
金麟燮	〃	冬至箴	『端磎先生文集』卷11(慶尙大 文泉閣 所藏本, 3면)
金麟燮	〃	山居四箴	『端磎先生文集』卷11(慶尙大 文泉閣 所藏本, 3면)

崔琡民	1837-1905	反求箴 [贈再從姪濟諄]	『溪南集』卷26(國立中央圖書館, 85쪽)
崔琡民	〃	宋秉鐸書室箴	『溪南集』卷26(國立中央圖書館, 87쪽)
崔琡民	〃	畏天箴 [贈鄭瀚]	『溪南集』卷26(國立中央圖書館, 87쪽)
鄭載圭	1843-1911	書室箴	『老柏軒先生文集』38卷(文泉閣所藏本, 1쪽 右)
郭鍾錫	1846-1919	經筵箴	『俛宇集』卷144(韓國文集叢刊344, 73면 上右)
郭鍾錫	〃	書筵箴	『俛宇集』卷144(韓國文集叢刊344, 73면 上右)
郭鍾錫	〃	繹古齋箴	『俛宇集』卷144(韓國文集叢刊344, 73면 上右)
郭鍾錫	〃	鷄鳴箴	『俛宇集』卷144(韓國文集叢刊344, 73면 下右)
郭鍾錫	〃	丈夫箴	『俛宇集』卷144(韓國文集叢刊344, 73면 下左)
郭鍾錫	〃	剛德箴	『俛宇集』卷144(韓國文集叢刊344, 73면 下左)
郭鍾錫	〃	活齋箴	『俛宇集』卷144(韓國文集叢刊344, 74면 上右)
郭鍾錫	〃	五箴	『俛宇集』卷144(韓國文集叢刊344, 74면 下右)
郭鍾錫	〃	除夕箴	『俛宇集』卷144(韓國文集叢刊344, 75면 上右)
郭鍾錫	〃	元朝箴	『俛宇集』卷144(韓國文集叢刊344, 75면 上右)
郭鍾錫	〃	立春箴	『俛宇集』卷144(韓國文集叢刊344, 75면 上右)
郭鍾錫	〃	實齋箴	『俛宇集』卷144(韓國文集叢刊344, 75면 上左)
郭鍾錫	〃	立箴	『俛宇集』卷144(韓國文集叢刊344, 75면 下右)
郭鍾錫	〃	卄以箴	『俛宇集』卷144(韓國文集叢刊344, 75면 下右)
郭鍾錫	〃	洗昏齋箴	『俛宇集』卷144(韓國文集叢刊344, 75면 下左)
郭鍾錫	〃	靜窩箴	『俛宇集』卷144(韓國文集叢刊344, 76면 上右)
郭鍾錫	〃	朴景禧屛箴	『俛宇集』卷144(韓國文集叢刊344, 76면 上左)
河謙鎭	1870-1946	自省四箴	『晦峯先生遺書』卷37(慶尙大 文泉閣 所藏本, 26면)
河謙鎭	〃	題李一海壁貼四箴	『晦峯先生遺書』卷37(慶尙大 文泉閣 所藏本, 27쪽)
河謙鎭	〃	惺軒箴	『晦峯先生遺書』卷37(慶尙大 文泉閣 所藏本, 29쪽)
河謙鎭	〃	養浩齋箴	『晦峯先生遺書』卷37(慶尙大 文泉閣 所藏本, 29쪽)
河謙鎭	〃	贈李璟夫三箴	『晦峯先生遺書』卷37(慶尙大 文泉閣 所藏本, 30쪽)
河謙鎭	〃	題仲涉屛八箴	『晦峯先生遺書』卷37(慶尙大 文泉閣 所藏本, 31쪽)
河謙鎭	〃	姜子孟墨帖箴	『晦峯先生遺書』卷37(慶尙大 文泉閣 所藏本, 32쪽)
權載奎	1870-1952	主敬箴	『而堂先生文集』卷32(文泉閣所藏本, 1쪽 左)
田璣鎭	1889-1963	善幾箴	飛泉集 9卷(文泉閣所藏本, 39쪽 右)

지리산권 서부 호남지역 유학자의 잠(箴) 작품 서지사항

성명	생몰	작품명	서지사항
蘇 沿	1390-1441	視民如傷箴	『杏亭集』卷之下(國立中央圖書館, 39면)
蘇 沿	〃	淸愼勤箴	『杏亭集』卷之下(國立中央圖書館, 40면)
柳崇祖	1452-1512	大學箴	『大學箴』(國立中央圖書館, 1면)
宋 純	1493-1582	敬次朱子敬齋箴	『俛仰集』續集 卷1(韓國文集叢刊 026, 321면 下右)
羅世纘	1498-1551	戒心箴	『松齋遺稿』卷3(韓國文集叢刊 028, 103면 上右)
李 恒	1499-1576	自强齋箴	『一齋集』雜著(韓國文集叢刊 028, 433면 下右)
安邦俊	1573-1654	口箴	『隱峯全書』卷9(韓國文集叢刊 080, 463면 上左)
愼天翊	1592-1661	自戒箴	『素隱遺稿』卷1(韓國文集叢刊 續025, 202면 上左)
愼天翊	〃	樂命箴	『素隱遺稿』卷1(韓國文集叢刊 續025, 202면 上左)
黃 暐	1605-1654	莫見乎隱箴	『塘村集』卷5(國立中央圖書館, 3면)
黃胤錫	1729-1791	自省箴	『頤齋遺藁』卷13(韓國文集叢刊 246, 287면 下左)
黃胤錫	〃	客中題壁三箴	『頤齋遺藁』卷13(韓國文集叢刊 246, 287면 下左)
黃胤錫	〃	集古訓誡斗兒冊房示箴	『頤齋遺藁』卷13(韓國文集叢刊 246, 287면 下左)
奇正鎭	1798-1880	書室箴	『蘆沙集』卷25(韓國文集叢刊 310, 545면 上右)
曺毅坤	1832-1893	不足畏箴	『東塢遺稿』卷3(國立中央圖書館, 22면)
金漢燮	1838-?	主一齋箴	『吾南先生文集』卷2(國立中央圖書館, 129면)
金漢燮	〃	紙尺箴	『吾南先生文集』卷2(國立中央圖書館, 131면)
金漢燮	〃	讀書箴	『吾南先生文集』卷2(國立中央圖書館, 131면)
田 愚	1841-1922	九容箴	『艮齋集』後編 卷18(韓國文集叢刊 335, 349면 下左)
田 愚	〃	友石箴	『艮齋集』後編續 卷7(韓國文集叢刊 336, 307면 下右)
田 愚	〃	心箴	『艮齋集』後編續 卷7(韓國文集叢刊 336, 307면 下左)
田 愚	〃	士箴	『艮齋集』後編續 卷7(韓國文集叢刊 336, 307면 下左)
奇宇萬	1846-1916	三山書室課程箴	『松沙集』卷23(韓國文集叢刊 345, 554면 下左)
吳駿善	1851-1931	訥齋箴	『後石遺稿』卷14(國立中央圖書館, 3면)
吳駿善	〃	蒙齋箴	『後石遺稿』卷14(國立中央圖書館, 4면)
李鍾宅	1865-?	蒙養齋箴	『六峯遺集』卷4(國立中央圖書館, 200면)
孔學源	1869-1939	自箴	『道峯先生遺集』卷8(國立中央圖書館, 101면)
孔學源	〃	過不及箴	『道峯先生遺集』卷8(國立中央圖書館, 102면)
崔秉心	1874-1957	躁箴	『欽齋先生文集』前編 卷16(國立中央圖書館, 92면)
鄭 琦	1879-1950	自警箴	『栗溪先生文集』卷15(國立中央圖書館, 39면)
鄭 琦	〃	月湖書室箴	『栗溪先生文集』卷15(國立中央圖書館, 39면)
鄭 琦	〃	立志箴	『栗溪先生文集』卷15(國立中央圖書館, 41면)

鄭衡圭	1880-1957	浩氣箴	『蒼樹集』卷8(國立中央圖書館, 111면)
鄭衡圭	〃	夜氣箴	『蒼樹集』卷8(國立中央圖書館, 112면)
鄭衡圭	〃	性師心弟箴	『蒼樹集』卷8(國立中央圖書館, 112면)
金澤述	1884-1954	次敬齋箴	『後滄先生文集』卷21(國立中央圖書館, 136면)
金澤述	〃	元朝自警箴	『後滄先生文集』卷21(國立中央圖書館, 136면)
金澤述	〃	八如箴	『後滄先生文集』卷21(國立中央圖書館, 136면)
金澤述	〃	愼口箴	『後滄先生文集』卷21(國立中央圖書館, 137면)
金澤述	〃	愼言箴	『後滄先生文集』卷21(國立中央圖書館, 137면)
金澤述	〃	戒酒箴	『後滄先生文集』卷21(國立中央圖書館, 137면)
金澤述	〃	酒箴	『後滄先生文集』卷21(國立中央圖書館, 138면)
金澤述	〃	財箴	『後滄先生文集』卷21(國立中央圖書館, 138면)
權純命	1891-1974	求道齋箴	『陽齋集』卷11(國立中央圖書館, 74면)
權純命	〃	克己箴	『陽齋集』卷11(國立中央圖書館, 75면)
柳永善	1893-1961	次范氏心箴	『玄谷集』卷18(國立中央圖書館, 96면)
柳永善	〃	愼言箴	『玄谷集』卷18(國立中央圖書館, 97면)
柳永善	〃	謹行箴	『玄谷集』卷18(國立中央圖書館, 97면)
柳永善	〃	書室箴	『玄谷集』卷18(國立中央圖書館, 97면)
柳永善	〃	戒貨色箴	『玄谷集』卷18(國立中央圖書館, 97면)

편자 약력

전병철(全丙哲)

국립경상대학교 경남문화연구원 인문한국(HK)교수. 한국경학 전공. 경상대 한문학과 문학박사. 경상대 한문학과 시간강사 역임. 저역서로 『송정 하수일』, 『마음의 전쟁에서 이겨라-남명학파 잠(箴) 작품 해설-』, 『중국 경학가 사전』(공저), 『송원시대 학맥과 학자들』(공저), 『주자』(공저), 『선인들의 지리산 유람록』(공역) 등이 있으며, 논문은 「남당 한원진 『대학』 해석 연구」(석사학위논문), 「대산 이상정 성리설의 회통적 성격」(박사학위논문), 「지리산권 지식인의 마음 공부」 등이 있다.

지리산인문학대전06 기초자료06
지리산권 지식인의 잠(箴) 작품 집성

초판 1쇄 발행   2016년 7월 30일

엮은이 ㅣ 국립순천대·국립경상대 인문한국(HK) 지리산권문화연구단
　　　　전병철
펴낸이 ㅣ 윤관백
펴낸곳 ㅣ 돌선 **선인**

등록 ㅣ 제5-77호(1998.11.4)
주소 ㅣ 서울시 마포구 마포대로 4다길 4(마포동 324-1) 곳마루빌딩 1층
전화 ㅣ 02)718-6252 / 6257
팩스 ㅣ 02)718-6253
E-mail ㅣ sunin72@chol.com
Homepage ㅣ www.suninbook.com

정가   14,000원
ISBN   978-89-5933-995-2   94810
　　　　978-89-5933-920-4   (세트)

· 이 책은 2007년 정부(교육과학기술부)의 재원으로 한국연구재단의 지원을 받
　아 수행된 연구임(KRF-2007-361-AM0015)

· 잘못된 책은 바꾸어 드립니다.